ہائے وہ لوگ

(رسالہ 'چہار سو' سے منتخب افسانے)

ادارہ چہار سو

© Idara Chaharsu
Haaye wo Log *(Afsane)*
by: Idara Chaharsu
Edition: October '2023
Publisher:
Taemeer Publications (Hyderabad, India)

ISBN 978-93-5872-377-9

کتاب	:	**ہائے وہ لوگ** (افسانے)
مصنف	:	**ادارہ چہار سو**
صنف	:	فکشن
ناشر	:	تعمیر پبلی کیشنز (حیدرآباد، انڈیا)
سالِ اشاعت	:	۲۰۲۳ء
صفحات	:	۴۶

فہرست

زندگی کے ساتھ ساتھ

چہار سُو

جلد۲۲، شمارہ: جنوری، فروری ۲۰۱۳ء

جلد۲۲، شمارہ: مارچ، اپریل ۲۰۱۳ء

جلد۲۳، شمارہ: مارچ، اپریل ۲۰۱۴ء

ای۔میل: chaharsu@gmail.com

رات گئے قتل

کرتار سنگھ دُگل

(گورمکھی سے ترجمہ)

حنیف باوا (جھنگ)

تائی گنیشی مرگئی۔ تائی گنیشی کو کسی نے ماردیا۔ تائی گنیشی کا کسی نے گلا دبا دیا تائی گنیشی کو سوتے میں کسی نے قتل کر دیا۔ تائی گنیشی کے ٹکڑے ٹکڑے کر دیے گئے۔ تائی گنیشی یخ بستہ خون میں پڑی ہے بے چاری تائی گنیشی اور پھر یہ خبر تھانے پہنچ گئی۔

لوگ حیران پریشان، گھر والے ہکّا بکّا تھے۔ یہ ہو کیا گیا تھا۔ بھلی چنگی سوئی تھی ہر طرح خیریت سے تھی۔ کوئی کہتا گزشتہ روز مجھے وہاں ملی تھی۔ کوئی کہتا کل مجھے یہ کہہ رہی تھی۔ شام کے وقت مویشیوں کے لیے اُس نے گتاوا کیا۔ پھر بھینس اور گائے کا دودھ دوہا۔ پھر مندر گئی بعدازاں اُس نے کھانا کھایا۔ پہلے تمام کنبے کو کھانا کھلاتی رہی تھی۔ پھر اُس نے باورچی خانہ سنبھالا۔ سردیوں کی راتیں اِدھر دِن ڈھلا اُدھر رات آ گئی۔ وہ اپنی چارپائی پر جا کر لیٹ گئی۔ گھر کے کاموں سے تھکی ماندی لیٹتے ہی نیند کی آغوش میں چلی گئی۔

گھر والے، باہر والے بار بار پریتو سے پوچھتے۔ یہ ہو کیا گیا ہے۔ پریتو کے کمرے میں ہی تو گنیشی سویا کرتی تھی۔ ایک طرف پریتو کا پلنگ، اُس کی میز، کتابوں کاپیوں کا المانی، سامنے والے کونے میں تائی گنیشی کی چارپائی ہوتی تھی۔ پڑھنے لکھنے میں بھی پریتو کے کیا کہنے۔ آدھی آدھی رات تک مطالعہ میں مصروف رہتی۔ اُس کا استاد اُسے پڑھانے کے لیے آتا تو تائی گنیشی جوان لڑکی کو نظر میں رکھنے کے لیے اُس کے کمرے میں لیٹ جاتی۔

جب بار بار پریتو سے پوچھا جاتا تو پریتو گھبرائی ہوئی آنکھ سے ہر کسی کو دیکھتی اسے کچھ سمجھ میں نہیں آ رہا تھا۔

ایک تو پریتو کے کمرے میں وہ جان بحق ہوئی دوسرے تائی گنیشی نے اُس کی اس طرح پرورش کی جیسے وہ اُس کے پیٹ سے پیدا ہوئی ہو۔ تائی گنیشی بانجھ تھی۔ دس برس کی تھی جب اُس کی شادی ہوگئی تھی۔ گیارہ برس کی ہونے پر اُس کا خاوند فوت ہو گیا اور تائی گنیشی صبر شکر کر کے بیٹھ گئی۔ تمام عمر وہ اپنی دیورانی کے بچوں کو پالتی رہی ساری زندگی وہ گھر کے ڈھور ڈنگروں کو سنبھالنے میں انتہائی مصروف رہتی۔ پھر وہ خاموشی سے اگلے جہان کو سدھار گئی۔ بوڑھی تھی۔ اتنی بھی بوڑھی نہیں تھی کہ بنا سر درد اور بغیر بخار کے اس طرح چلی جائے۔

ہر شخص حیران تھا۔ گھر گھر باتیں ہو رہی تھیں۔ کوئی کچھ کہتا کوئی کچھ۔ غرضیکہ جتنے منہ اُتنی باتیں۔ تائی گنیشی کے ماننے والے بھی تو ہر جگہ موجود تھے۔ ہر گھر میں اُس نے دوستیاں پال رکھی تھیں۔ کسی کو کچھ دیتی، کسی کے ہاں کچھ بھیج رہی ہوتی۔ دودھ اور دہی میں اشتراک خوشی اور غمی میں شراکت ہر کسی کے کام آتی اور خوش ہوتی۔ اللہ تعالیٰ سے ڈرنے والی گنیشی لیکن خدا نے اُسے کچھ بھی عطا نہ کیا۔ اُس نے تو اپنی تمام عمر پرستش میں گزار دی۔ صبح شام مندر جاتی۔ بھگوان کی آرتی اُتارتی۔ وہ گھنٹوں آنکھیں بند کر کے گیان دھیان میں لگتی رہتی۔ اُس نے کبھی کسی کا بُرا نہیں سوچا تھا اور نہ کسی کی برائی کی تھی۔ اُس کے من میں کبھی بُری سوچ آئی ہی نہیں تھی۔ تائی گنیشی آنکھوں میں کچھ ڈالتی تو آشوب چشم لحہ بھر میں دُور ہو جاتا اور آنکھیں بھلی چنگی ہو جاتیں۔ تائی گنیشی جب ٹُونا کرتی تو روگیوں کے روگ دُور ہو جاتے، پریتو کو تو اُس نے اپنی جند جان سمجھ رکھا تھا۔

ادھر وہ پیدا ہوئی اُدھر اُس نے سنبھال لیا۔ وہ ماں کے پاس صرف دودھ پینے کے لیے ہی جاتی تھی۔ وہ سوتی ہی تائی گنیشی کے پاس ہی تھی۔ گنیشی ہی اُس کا گند صاف کرتی پھر جب پریتو بڑی ہوئی تو اس کے تمام کام گنیشی ہی سر انجام دیتی۔ پریتو جب جوان ہوئی تو اس کی ہر ضرورت تائی گنیشی ہی پورا کرتی۔ تائی گنیشی اُسے بیٹا کہتے ہوئے نہ تھکتی تھی۔ لاکھ پریتو کی آؤ بھگت ہوئی۔ لاکھ اس کی حفاظتیں ہوئی لیکن اس کے باوجود بھی اگر اُسے ذرا سی بھی آنچ آتی تو تائی گنیشی اُس کی فکر میں پاگل ہو جاتی۔ ہمیشہ پریتو کو اچھی نصیحتیں کرتی رہتی۔ رب کریم سے ڈر کر رہنا چاہیے۔ اچھے بول بندے کو خدا کے نزدیک رکھتے ہیں۔

اور وہ اچھی تائی گنیشی نیند میں ہی چلی گئی۔ کسی کو یہ یقین نہ آتا کہ وہ سُرگباش ہوگئی تھی۔

کوئی کہتا کہ باہر سے آ کر کوئی اس کا گلا دبا گیا ہے۔ باہر سے کوئی کیسے آتا؟ رات کے بارہ بجے تک تو پریتو کا استاد اُسے پڑھاتا رہا تھا۔ آج کل امتحانات کے دِنوں پریتو تمام رات پڑھائی میں مصروف رہتی تھی۔ کالج کی پڑھائی بھی کہیں آسان ہوتی ہے؟ جیسے ہی ماسٹر صاحب گئے پریتو نے باہر ڈیوڑھی دروازہ بند کر کے آئی تو اُس نے دیکھا کہ تائی گنیشی ٹھنڈی یخ تختہ سی بنی پڑی ہے۔

پریتو نے شور مچا دیا کہ اگر کوئی باہر سے آتا تو اس کے زیور نا اتار کر لے جاتا۔ تائی گنیشی کے کپڑے اُس کی بالیاں، اُس کی انگوٹھیاں ویسی کی ویسی پڑی تھیں۔ کسی نے انہیں ہاتھ تک نہیں لگایا تھا کوئی کہتا تائی گنیشی نے کچھ کھا لیا تھا۔ زہر کھا کر خود کو ختم کر لیا تھا۔ کس لئے؟ اگر کچھ کھانا ہوتا اُس وقت کھا لیا ہوتا جب رب نے اُس کا خاوند اُس سے چھین لیا تھا۔ جس کا اُس نے ابھی تک چہرہ تک نہیں دیکھا تھا۔ اگر کچھ کھانا ہوتا تو اُس وقت نا کھا لیا ہوتا جب عالم شباب میں اپنا وجود سنبھالے نہیں سنبھلتا تھا۔ اگر کچھ زہر مار کرنا تھا اُس وقت کرتی جب دیکھتے ہی دیکھتے اس کی جوانی اُس کے ہاتھ سے نکلی جا رہی تھی۔ اس کے کنوارے ارمان اسی طرح

اس کے سینے میں دبے کے دبے رہ گئے تھے۔ اب بھلا اُس نے کیوں کچھ کھانا تھا۔

اور کوئی کہتا اُسے کسی نے کچھ دے دیا تھا۔ اور جو کوئی بھی یہ سوچتا تو اُس کا دھیان گھر والوں کی جانب تھا۔ اب جب اُس کے دیور کے بچے جوان ہو گئے تھے تو اُسے گنیشی کے حصے کی ضرورت تھی۔ اُس کے مرنے کی بیشک اُس کے نام کی جائیداد اُسے ہی ملنا تھی لیکن نہ جانے اُسے کب پرلوک سدھارنا تھا۔ اور اُس کے دیور کی بیٹیاں تو روز بروز تیزی سے جوانی کی منزلیں طے کر رہی تھیں۔ بیٹے شادی کے لائق ہو چکے تھے۔ اور جو لوگ اس طرح سوچتے تو اُنھیں پریتو کے والد کی نظروں میں ہزاروں فریب اور لاکھوں جھوٹ کی نقش گری دکھائی دیتی۔ اس کی حرکت پر اُنہیں شک گزرتا۔ اُس کی ہر بات کو اپنی مرضی کے معنی پہناتے اور پریتو کالج میں پڑھنے والی لڑکی پریتو سب کچھ سن رہی تھی۔ ہکّی بکّی، پھٹی پھٹی نظروں سے دیکھتی۔ لیکن اُسے کچھ سمجھ میں نہیں آ رہا تھا۔ وہ پریشانی کی حالت میں صوفے سے دالان اور دالان سے صوفہ کی جانب آ جا رہی تھی۔

اور پھر تھانے دار کی آمد ہوئی۔ ایک نظر اس نے تائی گنیشی پر ڈالی اور پھر سر ہلانے لگا ''یہ اپنی موت نہیں مری ہے۔ یہ تو ان آئی موت مری ہے''۔ وہ بار بار کہتا۔

تائی گنیشی کی آنکھوں کی پُتلیاں ایسی تھیں جیسے وہ پھٹ کر باہر آ رہی ہوں۔ پلکیں جھکی ہوئی۔ چہرہ ایسے جیسے انتہائی حیرت میں ڈوبا ہوا ہو۔ ہاتھ ایسے جیسے ناقابل برداشت بے بسی میں جڑے ہوئے ہوں۔ دانت بھینچے ہوئے۔ ٹانگیں، بازو اکڑے ہوئے۔ تھانے دار حکم صادر کر کے گیا کہ بوڑھی کی تجہیز و تکفین نہ کی جائے۔ اس کے بارے میں خبر تو دینا ہی تھی ایک تو گھر کا فرد اس جہان سے چلا گیا دوسرا پولیس پیچھے پڑ گئی تھی۔ گھر والے بڑے پریشان تھے۔

لوگوں نے جب تھانیدار کی باتیں سنیں تو ہر جانب، ہر نکر میں کھُسر پھُسر میں اضافہ ہونے لگا۔ ہر کوئی قیاس آرائیوں سے کام لینے لگا۔ ''میں نا کہتا تھا؟'' ہر شخص دوسرے کی طرف دیکھ کر کہتا اور پھر جب لوگ گنیشی کے دیور کو ہی الزام دینے لگے تو اُس کے گھر والے زمین کی اور دیکھنے لگے کہ اگر یہ پھٹ جائے تو وہ اس میں سما جائیں۔

تائی گنیشی کی لاڈلی پریتو جب دیکھتی تو اُس کا جی چاہتا کہ وہ دیواروں سے سر ٹکرا ٹکرا کر کچھ کر گزرے۔

پھر پولیس کا کوئی افسر آیا۔ اُس کے ہمراہ ڈاکٹر بھی تھا۔ کافی دیر تک وہ بند کمرے میں تفتیش کرتے رہے۔ اندر ہی اندر گھر گھر ہوتی رہی۔ ڈاکٹر اور پولیس انسپکٹر کی ایک ہی رائے تھی کہ لاش کو تھانے لایا جائے تا کہ پوسٹ مارٹم کے ذریعے معاملے کی تہہ تک جلد پہنچا جا سکے۔ جاتے ہوئے پولیس انسپکٹر نے حکم دیا کہ پریتو کے والد کو ہتھ کڑی لگائی جائے اُس کے منہ سے اس بات کا نکلنا تھا کہ گھر میں شور مچ گیا۔ یہ کیا اندھیر ہونے والا ہے اس طرح تو باپ دادے کی رکھی رکھائی عزت خاک میں مل جائے گی۔

لیکن اس سے پیشتر کہ سپاہی پریتو کے پتا کو ہتھ کڑی پہناتا۔ پریتو اپنے والد کو چند لمحوں کے لیے بازو سے پکڑ کر اندر لے گئی۔

کمرے کا دروازہ بند کر کے پریتو نے والد سے تمام کہانی کہہ ڈالی۔

''گذشتہ رات ماسٹر صاحب بہت دیر سے آئے تھے۔ پڑھاتے ہوئے اُسے مزید دیر ہو گئی۔ تائی گنیشی حسبِ معمول اپنی چارپائی پر آ کر لیٹ گئی۔ جیسے ہی وہ لیٹی نیند نے اُسے آ لیا۔ روز کی طرح کبھی کبھی ہمیں اُس کے خراٹے سنائی دیتے رہے۔ بعد ازاں ماسٹر جی کے جانے کا وقت ہو گیا وہ کرسی سے اُٹھے اور حسبِ دستور میں بھی اُٹھ کھڑی ہوئی تا کہ باہر ڈیوڑھی کی کنڈی لگا آؤں۔ پھر نا جانے کیا ہوا مجھے لگا جیسے میں ماسٹر جی کے بازوؤں میں کھنچتی چلی جا رہی ہوں میں اپنے آپ اُس کی چھاتی سے جا لگی۔ مجھے اپنے ماسٹر جی بہت اچھے لگتے ہیں۔ جونہی میں اس کی چھاتی سے چمٹی تو ہمارے لب ایک دوسرے میں پیوست ہو گئے۔ پھر نا جانے ہم کتنی دیر تک ایک دوسرے کے گلے لگ کر دیوانوں کی طرح پیار کرتے رہے۔ جب ہم ایک دوسرے سے الگ ہوئے تو میں نے پیچھے مڑ کر دیکھا کہ سامنے والی چارپائی پر پڑی تائی گنیشی کی آنکھیں کھلی ہوئی تھیں جب میرے ساتھ ماسٹر جی نے بھی نظر ماری تو ہم گھبرائے ہوئے باہر برآمدے میں آ گئے ہمیں کچھ نہیں سوجھ رہا تھا۔ ماسٹر سہمے ہوئے جلدی سے وہاں سے چلے گئے۔ میں جھجکتی، لڑکھڑاتی ہوئی واپس اپنے کمرے میں آ گئی تا کہ تائی گنیشی کے پاؤں چھو کر اپنے گناہ معاف کروالوں۔ لیکن تائی گنیشی تو اسی طرح پھٹی پھٹی نظروں سے دیکھ رہی تھی۔ میں نے آگے بڑھ کر دیکھا کہ تائی گنیشی کی پتلیوں میں روشنی نہیں تھی۔ میں نے گھبرا کر تائی گنیشی کو بلایا۔ تائی۔۔۔ تائی کا کوئی جواب نہیں تھا۔ پھر میں نے اُس کے منہ پر ہاتھ پھیرا۔ ٹھنڈا یخ تو تھا اُس کا ہر انگ اکڑا ہوا ہر عضو۔ پھر میری چیخ نکل گئی اور تمام گھر جمع ہو گیا۔ قصور میرا ہے۔ تمام قصور میرا ہے۔

ہکّا بکّا سن رہے پریتو کے پتا نے اپنی بیٹی کے منہ پر ہاتھ رکھ کر اُسے خاموش کیا۔ اُس کی آنکھیں آنسوؤں سے بھر گئیں۔ تمام عمر پاکیزگی کا دامن تھامے رہی۔ اور اسی پر اپنی زندگی قربان کرنے والی تائی گنیشی نے جب پریتو کی یہ کرتوت دیکھی تو یہ کرتوت گولی کی طرح اس کے سینے میں پیوست ہو گئی اور اس کی آنکھیں پھٹی کی پھٹی رہ گئیں۔ ایک بار کھُلیں جیسے اُسے یقین نہ آیا ہو۔ پھر ایسی کھُلیں کہ پھر بند نہ ہوئیں۔

پریتو کی مرضی تھی کہ وہ سچی بات سب کے گوش گزار کر دے۔ پولیس کے روبرو سب کچھ قبول کر لے۔

پریتو کے پتا کی آنکھوں میں آنسوؤں کا سیلاب سا آ گیا۔ ''نہیں۔۔۔ نہیں'' کنواری بیٹی کی عزت، یہ کیسے ہو سکتا تھا؟ نہیں۔ نہیں یہ نہیں ہو سکتا۔ پریتو کے پتا نے باہر خود کو پولیس کے حوالے کر دیا اور اُسے ہتھ کڑی لگا دی گئی۔

ہائے وہ لوگ

شمشاد احمد

(کراچی)

جب میرے اردگرد کی وحشی، پاگل جانور زندگی میرے اعصاب کو نچوڑنے لگتی ہے تو میں غیر ارادی طور پر آنکھیں اور ذہن بند کر کے اس سے بھاگ نکلتا ہوں۔

ماضی مجھے ہاتھوں ہاتھ لیتا ہے۔۔۔ ماضی جہاں شیطان کم اور انسان زیادہ پائے جاتے تھے۔

ماسٹر طالع مند میرے استاد تھے۔ وہ قصبے کے ہر پڑھے لکھے فرد کے استاد تھے۔۔۔ کیونکہ قصبے میں صرف ایک ہی اسکول تھا۔

دبلے پتلے، چاک و چوبند۔۔۔ ہر وقت محبت سے لبریز مسکراتی آنکھیں۔۔۔ صبح صبح اُن کا چہرہ نظر آ جائے تو ایک اچھے دن کے امکانات روشن ہو جاتے تھے۔

مجھے میٹرک کے بعد اپنا آبائی کاروبار سنبھالنا پڑا کیونکہ والد صاحب کچھ ڈھل ہل رہنے لگے تھے۔

صبح اُٹھ کر اپنی اسٹور نما دوکان کی جھاڑ پونچھ کرتا۔۔۔ سڑک اور فٹ پاتھ کے درمیان کبھی زمین پر چھڑکاؤ کرنے کے بعد جو سامان باہر سجانا ہوتا، وہ سجاتا اور۔۔۔ اور پھر ماسٹر صاحب کا انتظار کرنے لگتا۔

ٹھیک ساڑھے سات بجے ماسٹر صاحب ہاتھ میں چھڑی لئے خراماں خراماں گلی کا موڑ مڑ کر بازار میں آ جاتے۔۔۔ اسکول آٹھ بجے لگتا تھا۔

میں باہر کھڑا سراپا انتظار ہوتا تھا۔

میں آگے بڑھ کر جھک کر اُن سے ہاتھ ملاتا۔۔۔ وہ کھینچ کر مجھے گلے لگا لیتے۔ اُن کی آنکھوں میں محبت کے زمزمے پھوٹ رہے ہوتے تھے۔

وہ والد صاحب کی خیریت دریافت فرماتے۔ پھر کاروبار کا پوچھتے اور دعائیں نچھاور کرتے آگے بڑھ جاتے۔

اسکول سے واپسی پر کبھی کبھی اسٹور کے اندر آ جاتے تھے۔ میں انہیں صراحی سے پانی کا گلاس پلاتا۔ تھوڑی دیر بیٹھ کر اپنی راہ لیتے۔

ایک دن وہ اسکول سے لوٹے تو بغیر سلام دعا چپ چاپ اپنی مخصوص کرسی پر بیٹھ گئے۔

میں گاہک نپٹا کر اُن کی طرف متوجہ ہوا۔

وہاں ماسٹر طالع مند نہ تھے۔ ایک دُکھ سے مَسلا اجنبی بیٹھا تھا۔

اُنہوں نے مجھ سے ہاتھ ملایا۔ لیکن یہ ہاتھ بھی اُن کا نہ تھا۔

''ماسٹر صاحب۔۔۔ ماسٹر صاحب'' میں آگے کچھ نہ کہہ پا رہا تھا۔

اور کچھ نہ سوجھا تو لپک کر باہر سے ایک ٹھنڈا لے آیا۔

ماسٹر صاحب نے مجھے بوتل لئے اپنے سامنے جھکا پایا تو کچھ ہوش میں آ گئے۔

مجھ سے بوتل لے لی اور مجھے بیٹھے جانے کا اشارہ کیا۔

انہوں نے ایک گھونٹ لیا۔۔۔ پھر دوسرا۔۔۔

اُن کی آنکھوں میں روتی مایوسی کے آنسو تھمنے لگے۔

اُنہوں نے میرا ہاتھ تھام لیا۔

''اگر تم نہ ہوتے۔۔۔ تو میں اپنی جان لے لیتا''

میرا منہ کھلا تھا۔۔۔ اور منتظر تھا کہ وہ کچھ اور کھلیں۔

وہ بوتل میں سے ہلکے ہلکے گھونٹ لیتے رہے۔

بوتل ختم ہو گئی۔

''میں کچھ زیادہ ہی جذباتی ہو گیا تھا۔ مجھے ہر بری شے کی توقع رکھنی چاہیے۔ اب آئیڈلزم (IDEALISM) کا دور نہیں رہا''۔

میری جان میں جان آئی۔ میں نے ہمت کی۔

''ماسٹر صاحب۔۔۔ کچھ تو بتائیں۔۔۔ آخر۔۔۔۔''

اُنہوں نے ٹالنے کی کوشش کی۔

''معمولی بات تھی۔۔۔ مجھے دل پر نہیں لینا چاہیے تھا''

میرا تجسس مجھے کوڑے مار رہا تھا۔

''سر کہہ ڈالیے دل ہلکا ہو جائیگا''

وہ بڑی مشکل سے راضی ہوئے۔

''تم تو جانتے ہی ہو۔۔۔ میں نے کبھی کسی طالب علم کو سرزنش تک نہیں کی۔۔۔ ہمیشہ پیار اور محبت سے کام لیتا ہوں۔ کبھی کسی نے مجھ سے بدتمیزی نہیں کی''

اُن کے چہرے کی رگیں پھر تننے لگیں۔ وہ خاموش ہو گئے۔

میں پاگل ہو گیا۔

''کون ہے وہ بدبخت؟''

وہ اُٹھ کھڑے ہوئے۔ میرے کندھے پر تھپکی دی۔

''بھول جاؤ سب کچھ میں نے اُسے معاف کر دیا ہے''

ماسٹر صاحب تو چلے گئے۔ لیکن میں کھول رہا تھا۔

میں نے اپنے چھوٹے بھائی کو آواز دی۔۔۔ مجھے یقین تھا کہ وہ اس واقعے کے متعلق سب کچھ جانتا ہوگا۔

وہ شاید کھانا کھا رہا تھا۔۔۔ نوالہ چباتا، منہ صاف کرتا لپکا چلا آیا۔

''یہ بتاؤ ماسٹر طالع محمد صاحب سے کس نے بدتمیزی کی ہے؟''

وہ نوالہ اتار چکا تھا۔

''وہ ہے نا۔۔۔ابرے بدمعاش کا بیٹا۔۔۔جھیلا۔۔۔۔''

میرا غصہ ایک جھٹکے سے زرد پڑ گیا۔

''کیا کہا ہے اُس نے ماسٹر صاحب کو؟''

میری آواز لرز رہی تھی۔

''اس نے ہوم ورک نہیں کیا تھا وہ اکثر ایسا کرتا ہے۔ماسٹر صاحب نے اُسے سمجھانے کی کوشش کی تو وہ ایک دم سے اُبل پڑا۔جانتے نہیں ہو میں کون ہوں؟ ابرے ملک کا بیٹا۔۔۔ایک بار اپنے باپ سے کہوں گا تو چوراہے پر ننگا کر دے گا''۔

جوانی کسی احتیاط خوف کو نہیں مانتی۔

''اس کا باپ بدمعاش ہے تو گھر ہوگا۔۔۔ہم نے فیصلہ کیا ہے کہ کل چھٹی کے بعد اس کی وہ ڈھنائی کریں گے کہ باپ بیٹا ہمیشہ یاد رکھیں گے؟''

میں نے اُسے سختی سے منع کیا۔

''تم لوگ کچھ نہیں کرو گے۔۔۔تم جانتے ہو ابرہ کیا ہے! جاؤ کھانا کھاؤ۔۔۔کوئی غلط حرکت نہ کرنا۔۔۔میں خود ابرے سے بات کروں گا''

میں ڈھل مِل دوکانداری کرتا رہا۔۔۔میری بزدلی مجھے سمجھانے کی کوشش کرتی رہی۔

شام آہستہ آہستہ اُترنے لگی۔میں فیصلہ نہ کر پا رہا تھا۔

ابا جان لاٹھی ٹیکتے آ گئے۔

''جا بیٹا۔۔۔آرام کرنے۔۔۔''

والد صاحب اکثر میرا ہاتھ بٹا دیتے تھے۔

میں چپ چاپ کرسی سے اُٹھا۔۔۔اندر گھر میں جانے کی بجائے باہر سڑک پر نکل آیا۔اور میرے قدم خود بخود ابرے کے ڈیرے کی طرف اُٹھنے لگے۔خوف کے باوجود میں اپنے ہاتھ پاؤں تڑوانے کو تیار تھا۔

میں نے مضبوط بند لوہے کی گیٹ پر دستک دی۔اور انتظار کرنے لگا۔

عین میری آنکھوں کے سامنے لوہے کی ایک چھوٹی سی تختی نیچے سرک گئی اس چوکور سوراخ میں سے ایک خوفناک سرخ آنکھ مجھے گھورنے لگی۔

آنکھ غائب ہوگئی۔

تھوڑی دیر بعد چھوٹا دروازہ کھل گیا۔

وسیع وعریض کمرے میں ایک نواڑی پلنگ بچھا تھا۔دیواروں کے ساتھ لوہے کی پرانی کرسیاں بے ترتیبی سے بکھری تھیں۔

پلنگ پر ابرہ پھیلا ہوا تھا۔

اس کی آواز کرخت اور بے رحم تھی۔

''چھوٹے چوہدری تمہیں اچانک ہم کیسے یاد آ گئے؟''

اس نے اپنے پہلو میں پڑی بید کی لچکدار چھڑی اٹھائی اور پوری قوت سے میرے اور اس کے درمیان والے خلا میں برسائی۔بید کی چھڑی ہمیشہ اس کے ساتھ ہوتی تھی۔

'میں کچھ بات کرنا چاہتا ہوں' میں خود اپنی آواز پہچان نہ پا رہا تھا''

وہ حیران مجھے گھورے جا رہا تھا۔

کمرے میں دو لمبے تڑنگے مسٹنڈے پولیس والے بیٹھے تھے۔

اِبرے نے انہیں حکم دیا۔

''جاؤ۔۔۔اور ایک گھنٹے میں مجھے اطلاع دو۔۔کام ٹھیک ٹھاک ہونا چاہیے۔''

دونوں سر جھکائے باہر نکل گئے۔ابرہ میری طرف متوجہ ہوا۔

''تم پہلی بار میرے ڈیرے پر آئے ہو۔۔۔مانگو کیا مانگتے ہو؟
میں جانتا ہوں تم آجکل چینی کی شارٹیج کا فائدہ اُٹھا کر بلیک کر رہے ہو'

میری آنکھیں تو جھکی تھیں ہی، سر بھی جھک گیا۔

اُسے مجھ پر رحم آ گیا۔

''بیٹھ جاؤ'' اس نے کرسی کی طرف اشارہ کیا۔

میں جذبات کی لہر پر اچھلتا ہوکودتا اِبرے کے ڈیرے پر آ تو گیا تھا لیکن اس کی دہشت مجھے بولنے نہ دے رہی تھی۔

اُس نے ایک قہقہہ لگایا۔

''بولو۔۔۔بولو۔۔۔کبھی نہ کبھی شریفوں کو بھی بدمعاشوں سے کام پڑ جاتا ہے''

''وہ ماسٹر صاحب ہیں نا۔۔۔طالع محمد۔۔۔''

میری آواز کو خوف نے دبوچ لیا۔

ابرہ چیتے کی طرح اچھلا اور مجھے بازو سے پکڑ کر جھنجھوڑ ڈالا۔

''کیا ہوا؟ ماسٹر صاحب کو کیا ہوا؟''

میں نے ایک ہی سانس میں کہہ ڈالا۔

''تمہارا بیٹا۔۔۔جھیلا۔۔۔اُس نے ماسٹر صاحب کو دھمکی دی ہے کہ وہ تمہارے بدمعاشوں سے کہہ کر اُنہیں چوراہے میں ننگا کر دے گا۔''

اِبرے کو چار سو چالیس وولٹ کا جھٹکا لگا۔اس کے جسم کا ہر عضو پتھر ہو گیا۔پھر وہ ایک غیر انسانی آواز میں دھاڑا۔

''جھیلے۔۔۔خزیر کے بچے۔۔۔ادھر مر۔۔''

ابرہ تھر تھر کانپ رہا تھا۔اس کے بید کی ضربوں سے ہوا سسک رہی تھی۔

جھیلا اندر داخل ہوا تو بید اسی پر ٹوٹ پڑا۔

جھیلا رو رہا تھا، کراہ رہا تھا۔۔۔لیکن ابرہ پاگل ہو گیا تھا۔

میں نے بیچ میں آ کر جھیلے کو بچانے کی کوشش کی۔اور اس کوشش میں، میں بھی بید کا راتب بن گیا۔

میں نے جھیلے کو دھکا دیکر اندر والے دروازے کے قریب کیا اور

خود دروازے میں تن کر کھڑا ہو گیا۔

اِبرے کے منہ سے جھاگ نکل رہی تھی۔

مجھے راستہ روکے کھڑا دیکھ کر اُس نے بید دیوار پر دے مارا۔

''میں اسے زندہ نہیں چھوڑونگا۔۔۔ اسکی یہ جرأت۔۔۔ ماسٹر صاحب۔۔۔''

میں نے اسے ٹھنڈا کرنے کی کوشش کی۔

''لڑکا ہے۔۔نوجوان ہے۔۔۔بے سمجھ ہے۔۔۔اسے سبق مل گیا ہے۔۔''

ابرہ اچھلا، میرا بازو پکڑا اور مجھے تقریباً گھسیٹتے ہوئے باہر بازار میں لے آیا۔

''چلو۔۔۔میرے ساتھ ماسٹر صاحب کے گھر چلو۔''

وہ ماسٹر صاحب کے دروازے پر رک گیا۔اور میری طرف دیکھنے لگا۔۔۔اُسے دروازہ کھٹکھٹانے کی ہمت نہ ہو رہی تھی۔

میں نے دستک دی۔پہلی ہی دستک پر دروازہ کھل گیا۔

اُن کی نظر ابرے پر پڑی تو ان کا رنگ فق ہو گیا۔۔۔اُن کے گھٹنے لرزنے لگے اور جھک گئے۔

اِبرہ لپکا اور ماسٹر صاحب کے پیروں میں گر گیا۔وہ زار و قطار رو رہا تھا۔ماسٹر صاحب اور جھک گئے اور اِبرے کو حیران و پریشان دیکھنے لگے۔

پھر انہوں نے ابرے کو اٹھایا اور گلے لگا لیا۔

ماسٹر صاحب کو میں نے پہلی بار روتے ہوئے دیکھا تھا۔

حال سے چھٹکارا ممکن کہاں!۔۔۔مجھے پھر واپس ارد گرد کی وحشی، پاگل جانور زندگی میں لوٹنا پڑا۔۔۔لیکن میری مایوسی اور ٹینشن میں خاصی کمی آ گئی تھی۔

”زرد دائرہ“

محمد طارق علی

(راولپنڈی)

موت ایک ایسا سوال ہے جو ہر فرد کے دل و دماغ پر چھایا رہتا ہے۔ یہ ایک ایسے رقیب کا نام ہے جو ہمیں ہر وقت گھیرے میں لئے رہتا ہے۔ اس کا قرب ہمیں بہت کھلتا ہے۔ ہم اس کے خیال سے، اس کے خونی پنجوں کی پہنچ سے ہر ممکن طور پر بچنا چاہتے ہیں لیکن آنکھ بچا کر ہم ادھر اُدھر ہو بھی جائیں، تب بھی یہ وحشت خیز خیال، یہ خوف ناک اور اٹل حقیقت ہمارا پیچھا نہیں چھوڑتی، سائے کی طرح ہمارے ساتھ لگی رہتی ہے۔ جب کبھی ہم کوئی نیا کام کرنے لگیں یا دوستوں کی محفل میں بیٹھ کر تاش کھیلیں، ان کے ہر اچھے برے لطیفے پر دل کھول کر قہقہے لگائیں، کہیں پک نِک پر چلے جائیں یا ٹی وی پر کوئی مزاحیہ ڈرامہ یا فلم دیکھ رہے ہوں، کسی عزیز یا دوست کے ہاں شادی کی محفل سجی ہو، ہم بھی وہاں موجود ہوں اور زندگی کی رونقیں دیکھ دیکھ کر خوش ہو رہے ہوں تو اسی سمے یوں ہی، بس اچانک کوئی ہمارے ذہن کو آدبوچتا ہے اور کہتا ہے:

”ہنس لو جتنا ہنسنا ہے، پر یاد رکھو، تم میری گرفت سے باہر نہیں ہو“

یہ خیال ہوتا ہے، اُسی خوف ناک سی ہستی کا جو ہماری ازلی رقیب ہے جو ہمیں خوش دیکھنا نہیں چاہتی۔ ہمیں ہنستے دیکھ کر ایک طنزیہ سی ہنسی ہنستی ہے اور اُسکی ایک اَن کہی آواز ہماری سوچ سے آ ٹکراتی ہے:

”تم کب تک یوں ہی ہنستے پھرو گے، یہ میرے خونی ہاتھ تمہارے گلے سے بہت زیادہ دُور نہیں ہیں بس ادھر اُس مالک کا حکم ہوا اور میں نے تمہارا ٹینٹوا دبا کر چند سیکنڈ میں تمہیں اس دنیائے آب و گِل سے باہر کیا“

یہ آواز ہمیں اس طرح آتی ہے جیسے کوئی اچانک ہمارے کان میں سرگوشی کر کے کہیں چھپ گیا ہو۔ ہم اِدھر اُدھر دیکھتے ہیں مگر کوئی نظر نہیں آتا۔ ہم اس معکوس خیالی پیکر اور اسکی سرگوشی کو ذہن سے جھٹک دیتے ہیں اور دوبارہ دنیا اور اس کی دل چسپیوں میں گم ہو جاتے ہیں یہ سوچتے ہوئے کہ یہ تو کوئی یوں ہی فضول سا واہمہ تھا۔

سرد رات کے اندھیروں میں جب کوئی دوسرا ساتھ نہیں ہوتا، ہم نیند کی ناراض دیوی کو منانے کی کوشش میں لگے ہوتے ہیں تو ایسے میں بس یوں ہی ایک عجیب سی سرسراہٹ ہمیں آن گھیرتی ہے، کوئی اَن دیکھا وجود، پُر اسرار انداز میں ہمارے آس پاس منڈلانے لگتا ہے، اگر اُس کی طرف ہم زیادہ دھیان کریں تو ہمارا حلق خشک اور اس کا ہالہ ہمارے ارد گرد تنگ ہونے لگتا ہے۔ پھر جیسے کوئی خواب ناک انداز میں سرگوشی کرنے لگتا ہے:

”مت بھولو کہ تم ہر وقت ایک زرد دائرے میں قید رہتے ہو، لاکھ زور لگا لو، اس سے باہر نکلنا تمہارا مقدر نہیں ہے۔ تم جہاں کہیں بھی جاؤ، میں تمہارے ساتھ ہوتا ہوں، تمہاری نگرانی کرتا ہوں اور اس دائرے سے باہر جانے نہیں دیتا۔ یہ بھی جان رکھو کہ ایک راہ داری کا پروانہ جو تمہارے نام کا ہوتا ہے، ہر وقت میرے پاس ہوتا ہے۔ یہ زندگی ایک سفر ہے اور وہ ایک آخری اسٹیشن جہاں سے تمہیں اگلی منزلوں کا سفر اختیار کرنا ہوتا ہے، ایک لمبا اور یک طرفہ سفر، تمہیں اس جگہ یا اسٹیشن کا نام معلوم نہیں، مگر اس الوہی حکم کے ساتھ ہی مجھے پتہ چل جاتا ہے اور پھر تمہیں ملکِ عدم کی طرف روانہ کر دیتا ہوں کیا تم وہ پروانۂ راہ داری، وہ یک طرفہ ٹکٹ دیکھنا چاہو گے؟“

یہ بڑا ہی خوف ناک سا سوال ہوتا ہے یوں لگتا ہے کہ بہت سفاک سی نظروں نے ہمیں گھیرے میں لے رکھا ہے۔ موت کے کئی مناظر خود بخود آنکھوں میں آ سماتے ہیں۔ یکے بعد دیگرے وہ چہرے سامنے آ جاتے ہیں جو ہمارے اپنے عزیزوں کے، ہماری بہت ہی پیاری ہستیوں کے تھے۔ یہ چہرے سامنے آتے ہیں جدائیوں کے خوف ناک لمحات خود بخود یاد آنے لگتے ہیں، وہ فوت شدہ عزیز کفن میں لپٹے چپ چاپ، بے بس حالت میں لیٹے ہوتے ہیں۔ ان غم ناک لمحات میں ایک بہت ہی مکروہ سی خوش بو یعنی سلگتے ہوئے لوبان کی بُو ہر طرف پھیلی ہوئی ماحول کو اور مکدّر بنا رہی ہوتی ہے۔ یہ اصل میں موت کی گھناؤنی سی بُو ہوتی ہے، سخت ناگوار، ہر جگہ ہمارا پیچھا کرتی ہوئی یہاں تک کہ جب لوگ کفن پوش مردے کو اٹھا کر اسے شہرِ خموشاں کی جانب لے کر چلتے ہیں، یہ موت کی خوشبو ہمارے ساتھ ساتھ چلتی ہے، ہمیں بار بار یاد دہانی کراتی ہوئی کہ وہ بے شمار پرفیومز، سینٹ اور دیگر خوشبوئیں جو تم بڑے شوق سے خود پر سپرے کر کے سجے بنے پھرتے تھے، اب اس خوشبو کا بھی مزہ لے کر دیکھو، ہم اِدھر اُدھر منھ پھیر کر اس ناگوار بُو سے کترانے اور بچنے کی کوشش کرتے ہیں۔

ہاں یاد آیا، بات ہو رہی تھی اُس خوف ناک سی، اَن دیکھی ہستی کے خوف ناک سوال کی، وہی پروانۂ راہ داری والا، ہم اُسے فوراً جھٹک دیتے ہیں اور رات کی میٹھی نیند کا خیال دل سے نکال کر کوئی کتاب یا اخبار کھول کر بیٹھ جاتے ہیں۔ اگر اس وقت یہ اشیا میسّر نہ ہوں تو پھر ٹی وی آن کر دیتے ہیں اور اسی کے ساتھ ہمیں ایک بھیانک قہقہے کی گونج سنائی دیتی ہے مگر ہم اپنی دنیا میں مگن ہو جاتے ہیں اور وہ بیکار واہمہ ہمارے تصور سے نکل کر خود بخود کہیں معدوم ہو جاتا ہے لیکن قہقہہ لگا کر جاتے جاتے وہ آواز یہ کہتی ہے:

”تم کچھ بھی کر لو، ہم ہر سمت سے تمہیں دیکھ رہے ہیں، اب نہ سہی، پھر کبھی نہ کبھی ہم تمہیں اسی دائرے کے اندر آ پکڑیں گے، پھر تم کچھ بھی نہ کر پاؤ گے، تمہارا وجود ایک سرد مجسمے کی صورت اختیار کر لے گا، کوئی تمہیں ہاتھ لگانا بھی پسند نہیں

کرے گا، موت کی خوشبو ہر طرف سے تمہیں گھیر لے گی اور اسی کے ساتھ تمہارا آخری سفر شروع ہو جائے گا، ایک اَن دیکھی منزل کی جانب''۔

پھر اُسی وقت دل میں گھسا ایک بے نام اندوہ، ایک بے پہچان غم کا کانٹے دار بوٹا ایک بڑا ہو کر لہلہانے لگتا ہے اور کان میں کوئی چپکے چپکے کہتا ہے:

''تم اس بوٹے سے پیار کرو، اس میں حقیقت کے پھل لگتے ہیں، یہی پھل تمہیں کھانے ہیں''

جب زرد موسموں میں درختوں سے پتے جھڑتے ہیں، ہوا انہیں اُڑا کر کہیں دُور لے جاتی ہے اور سرما کی ایک بے مہر سرد سی شام جب ہمیں چپکے سے آ کر چھوتی ہے تو دل جانے کیوں کانپ اٹھتا ہے۔ اسی شام کے جلو میں گہری سیاہ رات، ہماری ذات کے ردا پر، ہمارا نام پوچھے بغیر، ایک دبیز اجنبیت کی دُھند میں ہم سے آ کر لپٹ جاتی ہے۔ ہمارے ارد گرد یاس کے دیئے جل اٹھتے ہیں اور میرے دل میں ایک گہرا زرد خلا کہیں اندر ہی اندر اپنا راستہ بنا لیتا ہے۔ یہ غم میرا نہیں، پھر بھی بن پوچھے مجھ سے آ کر چپک جاتا ہے، میرے ساتھ رہنے لگتا ہے میری سانسوں میں اپنی سانسیں ملا کر، میرے کسی بہت قریبی عزیز کی طرح۔ مجھے اس کا یہ بے طلب ساتھ اچھا نہیں لگتا۔ میں اس سے بالآخر پوچھتا ہوں:

''تم کون ہو؟''

وہ کہتا ہے: ''میں تمہارا ہم زاد ہوں، تم جانو یا نہ جانو، میں پہلے بھی تمہارے ساتھ تھا اور اب بھی تمہارے ساتھ ہی رہوں گا، ایک سائے کی طرح، ایک اَن دیکھے عکس کی طرح، تمہارے سرشت کا پرتو بن کر۔ میں تمہارے ساتھ رہ کر تمہیں اس زرد دائرے کی پہچان کراتا رہوں گا جو ہمہ وقت تمہیں حالتِ قید میں رکھتا ہے، اس دائرے کو تم ہمیشہ بھولے رہے مگر اب وقت آ گیا ہے تم اسکی حقیقت کو جان لو۔''

میں گھر میں کسی سے اس ہم زاد کا ذکر نہیں کرتا مگر دل کا خلا بڑھتا جاتا ہے، ہم زاد میرا پیچھا نہیں چھوڑتا۔ اس کے پاس موت کے سندیس کے سوا اور کچھ نہیں اور مجھے اُس کی کوئی پروا بھی نہیں۔

ایک روز میری ایک قلم کار دوست فاخرہ اکبر فون پر بات کرتے ہوئے مجھ سے کہتی ہے:

''میری زندگی کچھ عجیب سی ہو گئی ہے۔ دل کسی خوشی کو اپنانے سے گریزاں رہنے لگا ہے، کوئی چمک دار لمحے اسکو آ کر نہیں چھوتے اور اگر کہیں غلطی سے ایسا ہو بھی جائے تو یہ اُن لمحوں سے بے رخی برتتا ہے، بہت گہری اجنبیت دکھاتا ہے۔ لگتا ہے یہ دل میرا نہیں، پرایا ہے۔ ایسے اہم اور خوشی آمیز موقعوں پر ایک اجنبی آواز مجھے کہتی ہے ''بہتر ہو گا کہ تم خوشی کے ان لمحوں سے بچ کر رہو، تمہارا ان سے کیا کام؟ تمہاری عمر ساٹھ سے اوپر ہو چکی، اب تمہیں ایک دن مر جانا ہے۔''

فاخرہ بات جاری رکھتی ہے:

''جب کبھی مجھے شادی بیاہ یا خوشی کی کسی تقریب میں کہیں جانا ہو، میں تیار ہو جاتی ہوں، گاڑی میں اور سب گھر والے بیٹھ جاتے ہیں اور مجھے ساتھ آنے کیلئے آواز دیتے ہیں، تو اُسی وقت وہی آواز مجھے روک کر کہتی ہے ''تم کیوں جا رہی ہو، ایسی محفلوں میں تمہاری کوئی گنجائش نہیں، تمہارے تو مرنے کی دن قریب آ چکے''

میری لکھاری دوست مجھ سے مزید کہتی ہے:

''کبھی کوئی اچھی ڈش کھانے کا میرا دل چاہے یا کوئی نئے چلن کا، نئے ڈیزائن کا کپڑا دیکھ کر میرا من للچائے تو وہی بے نام آواز میرا دامن تھام لیتی ہے اور کہتی ہے، یہ ذائقے دار کھانے، یہ چھچھاتے ہوئے نئے لباس اب تمہارے لئے نہیں ہیں، تمہیں تو ایک دن اس دنیا کو خیر باد کہہ دینا ہے''

پھر وہ ''قلم کارہ'' مجھ سے پوچھتی ہے:

''طارق بتاؤ، ایسا کیوں ہے؟ ایک گہری یاسیت، ایک بے نام سی لاتعلقی کا رویہ مجھے کیوں ہمہ وقت گھیرے میں لئے رکھتا ہے، کیا یہ میرے ہی ساتھ ہے یا تم بھی ایسا ہی محسوس کرتے ہو؟''

''ہاں اکثر میں بھی ایسا ہی محسوس کرتا ہوں، کوئی اندرونی آواز مجھے بھی مسلسل روکتی ہے، ہر نئی اور اچھی چیز سے، خوشی کی کسی محفل میں جانے سے، یہاں تک کہ کوئی اچھا گانا سننے سے اجتناب برتنے کا کہتی ہے۔ لیکن میں اِس بے نام آواز کو، اس اَن چاہے خیال کو جھٹک دیتا ہوں اور فوراً ہی ایک مشہور مصرعہ میرے لبوں پر آ جاتا ہے ''موت کا ایک دن معیّن ہے'' اس مصرعے کو سوچتے ہی میں وہی کچھ کرتا ہوں جو میں چاہتا ہوں''

''تم ٹھیک کرتے ہو لیکن میں ایسا نہیں کر سکتی، میں خود کو ایک زرد دائرے میں مقید پاتی ہوں اور ایک بے نام سے خوف میں گھر جاتی ہوں۔ مجھے یوں لگتا ہے کہ یہ دائرہ موت کا ہالہ ہے کیوں کہ اس پر زردی چھائی ہوتی ہے جو اسے بہت خوف ناک بناتی ہے۔ چنانچہ میں بے بس ہو کر اس آواز کا کہا مان لیتی ہوں'' فاخرہ اکبر کا جواب۔

''میں ایسا نہیں کرتا، پہلے میں نے اس معاملے پر خوب سوچا ہے اور پھر میں اس نتیجے پر پہنچا کہ وہ آواز میرے ہم زاد کی آواز ہوتی ہے۔ اور رہا زرد دائرہ، یہ موت کے وجود کی، اُسکی ذات کی پہچان کی علامت ہے۔''

''اس کا مطلب ہے میرا ہم زاد بھی بہت نمایاں ہو کر میرے ساتھ ہے، میرے روز مرّہ کے معاملات میں ٹانگ اڑاتا رہتا ہے''

''ہاں ممکن ہے، لیکن میں سمجھتا ہوں کہ ہم زاد کی بجائے موت کی اہمیت کہیں زیادہ ہے تو جب قانونِ فطرت کے تحت اس کا وقت مقرر ہے تو پھر اس سے کیا ڈرنا؟ میں نے اس کے ساتھ جینا سیکھ لیا ہے اب میں اسے اپنا دوست سمجھتا ہوں، اسی کے ساتھ میرا ہمیشگی کا ساتھ جڑا ہوا ہے''

''لیکن موت سے دوستی کا مطلب؟''

''مطلب یہ کہ موت سے مفر ممکن نہیں ہے، یہ ناگزیر ہے، سو میں نے اس سے ڈرنا چھوڑ دیا، اب یہ میری ہم زاد ہے، میری ہم دم اور دم ساز بھی،

یہ میری جنم جنم کی ساتھی جو ہوئی، اگر ہم زاد کے ذریعے مجھے اس کی آواز آتی ہے تو یہ کسی دشمن کی نہیں، دوست کی آواز ہے۔ یہ موت ہی ہے جو روزمرہ کی زندگی میں مجھے میانہ روی سکھاتی ہے، مجھے صراطِ مستقیم پر چلتے دیکھنا چاہتی ہے تاکہ میں بے راہ رو ہو کر بھٹک نہ جاؤں، سیدھا چلتا رہوں، ایک ازلی سچائی کی جانب، ایک ابدی خوشیوں بھری زندگی سے دائمی اتصال کی راہ پر"

"تمہاری بات سمجھنے کے لیے وقت درکار ہے" فاخرہ نے ہنستے ہوئے کہا۔

"ہاں، لیکن آدمی کو ہمیشہ سے وقت کی کمی رہی ہے، یہ مت بھولنا" میں نے جواباً کہا۔ اور پھر ہم نے اپنے اپنے فون بند کر دیئے۔

ہمزاد

شاہد جمیل (گوجرانوالہ)

ٹھک، ٹھک، ٹھک! کون ہے بھئی؟ میں ہُوں! میں کون؟ میں اِبنِ فلاں! اِبنِ فلاں کون؟ اِبنِ فلاں! اِبنِ فلاں کون؟ حد ہو گئی بھئی! یہ کنڈیالے چوہے جیسے بالوں والا بابا میری جان کو آ گیا ہے۔ یہ حیات کا مُنکر نکیر ممات سے پہلے ہی پُوچھ کر رہے گا کہ آخر میں کون ہوں۔ اگرچہ یہ دروازہ بھی میرے لئے نا مانوس نہیں بلکہ میرے اپنے جسم کا دروازہ ہے اور یہ بابا بھی کوئی غیر نہیں بلکہ میرا اپنا جسم ہی ہے مگر مجھے اس مورکھ کی لاٹھی کو ایک طرف کھسکانے کے لئے بتانا پڑیگا کہ میں کون ہوں ورنہ وہ مجھے اندر داخل نہیں ہونے دے گا اور میں ناکامیاب جادوگر کے نوخیز بچے کی طرح مرا پڑا رہ جاؤں گا۔ یہ بابا دراصل میرے لئے دربان ہونے کے ساتھ زندگی کی اس اجنبی اذیت کا استعارہ ہے جو کسی بیگانے در پر دستک سے در آتی ہے۔

تو دیکھ اے زندگی میں تیرا ایلین پو بالٹی مور کی گلیوں سے چُنی اپنی ہڈیوں، مانگے تانگے ملگجے کوٹ اور دریدہ پتلون کو سانسوں کی ڈور سے باندھتے ہوئے ویرانے کی طرف جا رہا ہوں جہاں میری بلیاں اور کُتے کچرے سے نکالے ہوئے کھانے کا انتظا کر رہے ہیں۔ ابھی کچھ ہی دیر میں مَیں لمبی لمبی پیلی گھاس سے لپٹ کر ہمیشہ کے لئے سو جاؤں گا۔ مگر یہ کیا کہ میری مطلق اندھیروں سے آشنا ہوتی ہوئی آنکھوں کے سامنے کسی نے دُنیا کی مختصر ترین ڈراؤنی کہانی کا سکرپٹ لہرا دیا۔ "زمین پر آخری آدمی اپنے کمرے میں تنہا تھا۔" درست ہے بھئی! آج کے انسان کے لئے یہ کہانی ہارر تھنگنگ کا باعث ہو سکتی ہے کہ وہ لاکھوں سال بعد بھی خیر و شر کے فلسفیانہ یا مذہبی نُقطہء نظر میں بُری طرح جکڑا ہوا ہے۔ روایت پرستی (Stoicism) نے خیر و شر کے وجود سے انکار کر کے انسان کے دیرینہ مسئلے کو حل کرنے کی کوشش تو کی مگر پھر صلیب و ہلال نے میرے بھائی ولیم جیمز کی وہ دُرگت بنائی کہ خُدا اپناہ! مر گیا بیچارا اپنی ہی آگ میں جل جل کر۔

جرمن سپاہیوں کی طرح جرمن فلاسفر بھی بڑا تیز نکلا! کیا مطلب؟ کونسا فلاسفر! ایک منٹ! کہیں کوئی نازی سپاہی میری جان لینے تو نہیں آ رہا! کیا بات کرتا ہے گھامڑ! یہ امریکہ ہے امریکہ! اچھا! ہاں! یہ سُسرے ولہلم لیبنز کی بات کر رہا ہوں۔ اپنے اچھے خاصے دماغ کو چلنے سے روک دیا اس نے۔ چڑھا دیا اپنی فکر کو عام زندگی کی بھینٹ۔ لے بیٹھا میرے اقبال کو بھی، کھپا دیا ماحول کے بیچ، بٹھا دیا اُسے بھی پوتر مسند پر، بنا دیا اُس کو بھی سٹیچو۔ فکر کو لاٹھی سے مارتا ہُوا لایا اور اور زبردستی تسلیم کروایا اس سے خُدا کے وجود کو۔ پھر وہی جرمنوں والی چالاکی کہ خُدا کے وجود کو تسلیم تو کیا مگر اُسکی قُدرت کو منطقی طور پر ممکن کاموں تک محدود رکھا اور اس طرح ہماری دُنیا میں شر کی موجُودگی کو لازم قرار دے کر سُرخرو ہُوا۔ آہاہا! خُدا کو ڈھونڈنے نکلا تھا شیطان کی تلاش پر منتج ہُوا! آہاہا!

میرے نزدیک مذکورہ بالا مختصر ترین کہانی ڈراؤنی نہیں بلکہ فکری اور نظریاتی ہے۔ اِس کی تہ تک جانے کیلئے ہمیں اپنی سوچ کے بنے بنائے سانچوں کو توڑ مروڑ کر ایک طرف پھینکنا ہے۔ دُشوار ہے مگر چند لمحے ملن، دو گھڑی گفتگو کے نشاط انگیز تصور میں یہ بھی کر دیکھو۔ فلسفہ و فکر کی مُوشگافیوں کو دِل و دماغ میں جگہ دینی ہو تو روایت کے مُردوں کو پاؤں تلے روندتے گزرنا پڑتا ہے۔ یُوں بھی ہمارے روایتی ذہنی سانچوں کی حیثیت بھٹہ خشت پر اینٹیں پتھنے سے مماثل ہے۔ ایک جیسی رٹی رٹائی، پتھی پتھائی لال بھوری اینٹیں۔ سر پھوڑنے کو دل کرتا ہے اِن اینٹوں سے۔ اگر میں یہ کہوں کہ یہ مختصر ترین کہانی ہماری اس ظاہری دُنیا سے مُتعلق نہیں ہے بلکہ ہمزاد سے جُدائی اور تنہائی کا بیان ہے تو کیسا ہے۔ ایک منٹ یار! سانسیں کھینچ کھینچ کر میری پسلیوں کی رگیں چڑھ گئی ہیں۔ چند لمحے پیلی گھاس کے گداز سے لپٹ کر انہیں موزوں کر لُوں۔

ہاں تو میں ہمزاد کی بات کر رہا تھا۔ آہ! ہمزاد کی بات سے پہلے ہمزاد کا نوحہ! اُن لوگوں کا نوحہ جو فکری لحاظ سے ازل کے تنہا ہیں، جن کے محرم راز گورِیں جا سوئے ہیں، جن کی بات سُننے اور سمجھنے والا کوئی نہیں۔ بُہت پہلے کی بات ہے اُبہت پہلے کی نہیں بلکہ بہت بہت پہلے کی بات ہے۔ ساڑھے چار ارب سال یا پھر شاید پونے چودہ ارب سال سے بھی پہلے کی بات جب میں اور میرا ہمزاد کسی نامعلوم کہکشاں کے کسی بے نام سیارے پر یک جان کی طرح رہتے تھے۔ صدیوں کے ارتقائی سفر کے باعث ہماری حیات تصوراتی جنت کے موافق ہو گئی تھی۔ شر کی قوتوں کو ارواحِ مقررہ کے ذریعے کسی اور کہکشاں کے کسی اور سیارے کے پاتال میں قید کیا جا چُکا تھا۔ ہم لوگ اپنے ذہن کے ارتکاز سے اپنے ماحول میں موجود مقناطیسی میدان کو استعمال میں لاتے ہوئے اپنے اردگرد کی چیزوں کو فقط تصور کرنے پر حاصل کر لیا کرتے تھے۔ اپنے ماحول میں موجود الیکٹرک پاور کو استعمال میں لا کر لاکھوں میل تک پیغام رسانی، گُفتگو، عواہل اور اسراع پر قادر تھے۔ اگرچہ سب لوگ روحانی طور پر ایک جیسی طاقت کے متحمل نہ تھے تاہم ارتقائی عروج کے ثمرات سبھی لوگوں کو بڑی حد تک بہم تھے۔ ایک جرمن کہاوت "جس چیز کو آنکھ نہیں دیکھتی، اس کے لئے دل افسردہ نہیں ہوتا" کے مصداق ہماری دُنیا میں ان دیکھے خُدا کا تصور موجود نہیں تھا۔

اگرچہ بدروح TOIA اور شیطان OKEE جیسی مخلوقات کو پاتال بدر کر دیا گیا تھا مگر روحانی طاقت کے حصول اور استعمال سے متعلق ایک مقابلے اور مباہلے کی فضاء ہم لوگوں میں موجود تھی۔ نظریہء اضافیت کے مطابق ہم لوگ اپنے اجسام یعنی مادے کی کیفیت سے نکل کر لائٹ یعنی نور کی کیفیت میں رہ رہے تھے۔ تمام روحیں اُس وقت تک آزاد تھیں اور اپنی قوت کے مطابق مسحور اور شاداں بھی ہر روح کا اپنا دائرہ عمل اور الیکٹرک اور مقناطیسی فیلڈ مختلف تھی اسی طرح

لاکھوں سال گزر گئے اب ایک دو قرنوں سے ایک واضح تبدیلی ہمارے جہاں میں دیکھی اور محسوس کی جا رہی تھی کبھی کبھی ایسا ہونے لگا کہ ہم روحوں کے مقناطیسی اور الیکٹرک فیلڈ ہماری مرضی کے مطابق کام کرنے سے قاصر رہتے کبھی کبھی تو اتنے زبردست جھٹکے لگتے کہ یوں محسوس ہوتا جیسے ہماری حالت (State) تبدیل کی جا رہی ہو اور یوں لگتا جیسے کچھ ہی دیر میں پھر ہم لوگ نور سے مادے کی کیفیت میں چلے جائیں گے مگر پھر کچھ وقت کے بعد ہماری پوزیشن درست ہو جاتی۔

پھر یوں ہوا کہ شاں کی تیز آواز آتی اور ہماری کروڑوں اربوں روحوں میں سے کچھ روحیں غائب ہو جاتیں۔ پہلے تو ہم لوگ یہ سمجھتے تھے کہ نور یا روح کی حالت میں آنے کے بعد ہم ہر قسم کے کنٹرول سے مبرا ہو جائیں گے مگر اب ہمیں ایک سُپر نور کی موجودگی کا احساس ہونے لگا تھا۔ وقتاً فوقتاً ہماری طاقت کے فیلڈ میں خلل آنے لگا تھا مگر یہ معلوم نہ تھا کہ ایسا کیوں ہو رہا ہے اور کون کر رہا ہے۔ اپنے تئیں ہم لوگ اسے اپنی توجہ کے ارتکاز کی کمزوری یا خلل ہی قرار دیتے تھے پھر ہم نے دیکھا کہ ہمارا اک ہمزاد نہ تو فیلڈ ٹوٹنے کا شکار تھا اور نہ جھٹکوں سے پریشان۔

ہم میں سے کئی روحوں نے اس سے اپنی کیفیت کا اظہار کیا مگر وہ کچھ نہ بتاتا بلکہ صرف مسکراتا تھا۔ اب تو وہ ہمیں کبھی کبھی عجیب وغریب تماشے بھی دکھایا کرتا ہم لوگوں کو اتنے زور سے گھماتا کہ ہم لوگ مادے کی کیفت میں چلے جاتے پھر ہمیں اتنے زور سے دوڑاتا کہ ہم لوگ شاں کر کے واپس اپنی نوری حالت میں آجاتے۔

ایک دن ایسا بھی آیا کہ ہم سب روحوں کے مقناطیسی میدان اور الیکٹرک فیلڈ بے اثر ہو گئے۔ ہم لوگ بے بسی کے عالم میں ایک دوسرے کو دیکھنے لگے۔ ہم لوگوں میں سے کچھ کی ریزروانرجی ختم ہونے لگی۔ اس موقع پر پھر ہمیں انرجی ٹرانسمشن کا احساس ہوا۔ نینو سیکنڈ سے بھی کئی ہزار درجہ کم وقت میں ہم لوگوں کو روشن یعنی زندہ رہنے کے لئے مائکروویو طاقت حاصل ہونے لگی۔ یہ بات تو طے تھی کہ ہماری ہی دنیا کی کوئی سُپر طاقت ہمیں زندہ رکھے ہوئے تھی۔ لازمی طور پر یہ طاقت وہی ہو سکتی تھی جس نے ہماری تمام طاقت ختم کر دی تھی یا پھر اس کا کنٹرول اپنے ہاتھ میں لے لیا تھا۔

لاکھوں سال اسی طرح گزر گئے اور ایک دن سُپر روح کا ظہور عمل میں آیا۔ یہ روح دراصل میرے ہمزاد ہی کی روح تھی مگر اب یہ بہت ہی پیچیدہ برقی راستوں اور مقناطیسی میدانوں سے مزین اور محفوظ ہو چکی تھی اُس کی موجودہ قوت اور قدرت کا اندازہ اس بات سے لگالیں کہ ہم ایسی اربوں کھربوں روحوں کی تمام قوت اُس کے اختیار اور استعمال میں تبدیل ہو چکی تھی۔ اپنے ظہور کے بعد ہم زاد نے تمام روحوں کو مخصوص مقام پر محفوظ کر دیا اور اپنی مرضی سے ان کو انرجی ٹرانسمٹ کرنے لگا۔

مادے سے نور میں تبدیلی کے وقت ہم نے ساڑھے چونتیس ارب میل فی سیکنڈ سے زیادہ رفتار کے ساتھ سفر کیا تھا پھر اسی طرح کئی نُوری قرنوں اور کئی برقی رفتاروں کے مقامات آئے اور گزر گئے۔ ایک دن پتہ نہیں ہمزاد کو کیا سوجھی کہ اُس نے دو روحوں کو مانع اور مستعمل کے چکر میں ڈال کر ایک لمبے ہی چکر میں ڈال گیا۔ پھر یوں ہوا کہ مانع و مستعمل کی عدم تعمیل کے باعث ان روحوں کے درجے میں تنزلی کر کے ان کی حالتِ نور کو مادے کی کیفیت میں تبدیل کر دیا۔ لو بھئی یہ تھے ہم اور یہ تھی ہماری کہانی، جب ہم لوگ روح تھے تو ہمزاد کے قُرب میں تھے مگر اب باری باری مادے کی حالت میں پہنچے تو ہمارے بیچ کئی سیاروں اور کہکشاؤں کے دبیز پردے حائل ہو گئے۔

پھر کیا ہوا کہ ہم لوگوں نے ہمزاد سے دوری کے سبب رونا پیٹنا شروع کیا مگر اب اتنے نوری سال کے فاصلے پر مقناطیسی اور برقی میدانوں کے بغیر ہماری رسائی اگر سو فیصد ناممکن نہیں تو محدود ترین ضرور ہو گئی۔ ناممکن اس لئے نہیں کہ ہمزاد اپنی مرضی سے کچھ مادی جانوں کو الیکٹرک فیلڈ کے ذریعے روحانی طور پر اپنی جھلک دکھا بھی دیتا تھا شائد اس لئے بھی کہ ان لوگوں کے ذریعے اس کا نام اور مقام مناسب حد تک قائم اور زندہ رہے۔ ہمزاد کی مرضی کے مطابق میں نے اپنی قید کے مقام جسے زمیں یا اس جیسا کوئی اور سیارہ تصور کر لیں پر اپنی کم درجہ یعنی اپنی مادے کی حالت کے مطابق کم درجہ عوامل میں کئی صدیوں کے ارتقاء کے نتیجے میں ترقی بھی حاصل کی جو ہماری نارسا فکر اور ہمارے مختلف زمانوں کے لحاظ سے بڑی ارفع اور اعلیٰ بھی دکھائی پڑتی تھی۔ نظام شمسی ہی کے کسی دوسرے سیارے کی دریافت ہو کہ مادے کو ہوا میں جہاز کی رفتار سے اُڑانے کا معاملہ یا پھر بھاری بھر کم ٹھوس اجسام کا پانی پر تیرنے کا مسئلہ، یہ سب بھی مجھے تو حیرت زدہ کرنے کے لئے کافی تھے۔ چونکہ میں نے ارفع سے ادنیٰ کی طرف سفر کیا ہے اس لئے میری سرشت میں روح کی محبت اور ہمزاد سے ملاپ کی تڑپ کوٹ کوٹ کر بھری ہوئی ہے۔ اگرچہ ہمزاد نے میری نوری طاقت کو سلب کر لیا مگر مجھے فکری طور پر زندہ رکھنے کے لئے سوچنے اور سمجھنے کی کچھ طاقت بحال بھی رکھی۔ اپنی اس مخفی قوت کے بل بوتے پر میں نے اپنی روح کے کھوج اور ہمزاد کی تلاش کا سفر جاری کر رکھا۔ اُس وقت جب میرا نام حلاج ہوا کرتا تھا تو میں نے چیخ کر ہمزاد کے راز کو افشاں کرنا چاہا۔ چونکہ ہمزاد کا کوئی ہمراز نہیں ہو سکتا اس لئے اس نے ظاہری عوامل کو استعمال کر کے فوری طور پر میری مادے کی کیفیت کو نور میں تبدیل کر دیا تا کہ میں اپنے دیگر ہم نفسوں کے اذہان کھولنے اور انہیں حقائق سے آگاہ کرنے سے باز رہ سکوں۔ اور پھر میرے ہی ہم نفسوں نے ظاہر کے لباس پہن کر میری پھانسی کے حکم نامے پر مہر صدق لگا دی۔

دلچسپ بات ہے کہ تمام کائنات مادے سے مل کر بنی ہے اور دراصل مادہ اور نور ایک چیز کے دو پرتوں ہیں اور اُنکی مقدار ہمیشہ ہمیشہ کے لئے کائنات میں ایک جتنی یعنی یکساں ہے۔ ان کی صرف ہیت تبدیل ہوتی ہے یعنی مادے سے نور میں اور نور سے مادے میں مگر یہ ختم نہیں ہوتے۔ اس سوال کی کوئی اہمیت نہیں کی کیا روحوں نے زمین سے آسمان کا سفر کیا البتہ مادے اور لائٹ کے لئے دو الگ مقام مخصوص کئے۔

مجھے اپنی مادی کیفیت کی تبدیلی کا پتہ بھی تقریباً بیسویں صدی کے آغاز میں ہوا جب میرا نام نیوٹن ہوا کرتا تھا اور میں نے حرکت اور ثقل کی قوتوں کو دریافت کیا۔ اس وقت معلوم ہوتا تھا جیسے میں نے کائنات کے سب سے بڑے راز کو معلوم کر لیا مگر جب میں نے آئن سٹائن کے روپ میں جنم لیا اور نیوٹن کے برعکس نظریہء اضافیت یعنی یہ کہ فاصلہ اور وقت اضافی ہیں کی بنیاد رکھی اور اضافت کی سپیشل تھیوری کے تحت مادے کی نور میں تبدیلی کا پتہ لگایا۔ میں نے رومی کی نے بن کر بھی آواز لگائی جو کسی نے سُنی نہیں! تمام تر فاصلوں کے باوجود ہمزاد نے بھی مجھ سے محبت کا رشتہ قائم رکھا۔ مجھے علمِ شریعہ سے مستفیض کیا تا کہ میرا میلان نہ تو بھٹکے اور نہ ہی حد سے بڑھے۔ پھر کبھی کبھی طریقت کے رستے میرے مقناطیسی اور الیکٹرک فیلڈ میں کبھی کبھی ارتعاش بھی پیدا کر دیتا ہے مگر پتہ نہیں اُس نے مجھے مزید کتنی صدیوں تک نامراد و نارسا رکھنا ہے۔ کبھی کبھی تو مجھے فاصلے اور وقت کی اکائیوں کی طرح اپنا ہر فعل، اپنی ہر سوچ، ہر فکر، ہر احساس اور ہر پہنچ اضافی یعنی (Relative) لگتی ہے۔ سوچتا ہوں تو ڈر جاتا ہوں کیونکہ اگر ایسا ہے تو پھر میرا ہر کام اور ہر عمل بے معنی و لا یعنی ہے۔ اگر غور کیا جائے تو میرا مقصد نوری کیفیت کی تلاش اور ہمزاد سے ملاپ کے لئے ہے اگرچہ ہمزاد کے مصمم وعدہ اور غیر متزلزل ارادہ کی نوید ہے مگر پتہ نہیں میری حالت میں تبدیلی اور ہمزاد سے ملاپ کے خواب کو شرمندہ تعبیر ہونے میں کتنی صدیاں اور کتنے نوری قرن صرف ہو جائیں۔ یہ سب سوچ کر میرا دل ڈوب جاتا ہے اور میں پھر اپنے خول یعنی اپنے جسم میں پناہ ڈھونڈتا نظر آتا ہوں، اسی پناہ کے لئے ابھی ابھی میں نے اپنے جسم کے دروازے پر دستک دی تھی۔

انتظار

نصرت بخاری
(اٹک)

''میں جنگل کا بادشاہ ہوں''۔معصوم ہرنوں کا تعاقب کرتے طاقت ور شیر کی دھاڑ میں یہی پیغام تھا اور اس کی بادشاہت کے حادثے کو سارا جنگل قبول بھی کر چکا تھا۔اُن کا خیال تھا کہ شاید اس کو بادشاہ تسلیم کر کے وہ اس کے شر سے محفوظ رہیں گے۔لیکن ایسا نہ ہوا۔معصوم جانوروں کی چیر پھاڑ دیکھ کر بھی جب کوئی وجود مزاحمت کے لیے سامنے نہ آیا تو شیر کے حوصلے بلند ہو گئے۔اس نے بھاگتے بھاگتے چھلانگ لگائی اور ہرنی اس کے بھاری بھرکم وجود تلے دب کر رہ گئی۔اس کے بے رحم پنجے ہرنی کے نازک بدن میں اترتے چلے گئے۔پکڑے جانے سے پہلے اس نے بھاگ کر جان بچانے کی کوشش کی؛وہ اتنی تیز بھاگی تھی کہ اس سے پہلے شاید کبھی اتنی تیز بھاگی ہو،مگر ناکام ہوئی۔اسے پہلی بار یہ اندازہ ہوا کہ وہ شیر سے زیادہ تیز نہیں بھاگ سکتی۔ورنہ اس سے پہلے جب بھی کوئی شیر ان کے ریوڑ پر حملہ کر کے کسی ہرنی کو شکار کر لیتا تو یہ سمجھتی کہ شاید اپنی تیز رفتاری کی وجہ سے اس کی جان بچ گئی۔آج پہلی بار اس پر یہ عقدہ کھلا کہ شیر سے تیز بھاگنا اس کے بس کی بات نہیں،اس سے پہلے اگر وہ بچتی رہی تو محض اس لیے کہ ابھی اس کی موت کا وقت نہیں آیا تھا ۔اس نے اپنا آپ چھڑانے کی بہت کوشش کی،بڑا زور لگایا لیکن وہ اس کے چنگل سے نہ نکل سکی۔اسے اپنی موت صاف نظر آرہی تھی۔کیونکہ اس نے کئی بار دیکھا تھا کہ شیر جب کسی ہرنی کو پکڑ لیتا ہے تو پھر وہ اس کو زندہ نہیں چھوڑتا بلکہ مار کر کھا جاتا ہے۔اس وقت شیر نے اس کے جسم میں اپنے دانت گاڑ لیے تھے۔اس تکلیف کی شدت سے تڑپی تو ایک بار شیر کی گرفت سے نکل گئی۔اس کی ٹانگوں نے اسے بچانے کی آخری کوشش کی مگر ابھی وہ دوسری جست بھی نہ لینے پائی تھی کہ شیر کا پورا وجود دوبارہ اس پر سوار ہو گیا۔ہرنی نے مزاحمت کرتے ہوئے اِدھر اُدھر نظر دوڑائی تو اس کو کچھ فاصلے پر اپنا ریوڑ اور دوسرے جانور گھاس چرتے نظر آئے۔اس کے ذہن میں یہ بات آئی کہ اگر یہ سارے مل کر شیر پر حملہ کر دیں تو اس کی جان بچ سکتی ہے؛وہ حیران تھی کہ شیر اس کی جان لینے پر تلا ہوا ہے مگر کسی جانور پر اس کا کوئی اثر ہی نہیں۔

''شاید انھوں نے مجھے شکار ہوتے نہ دیکھا ہو''ہرنی نے سوچا۔اس نے ساتھیوں اور دوسرے جانوروں کو متوجہ کرنے کے لیے ایک چیخ بلند کی۔بعض پر اس کی چیخ کا کوئی اثر نہیں ہوا۔چند ایک جانوروں کی نظریں یہاں تک آئیں مگر پھر ان کے منہ گھاس میں گم ہو گئے۔اس وقت اچانک اس کی ماں کی وہ بات ذہن کے کسی گوشے سے نکل کر سامنے آکھڑی ہوئی۔

''ہم چونکہ کمزور،بے ضرر اور بے یار و مددگار جانور ہیں اس لیے ہمارے جنگل کی زندگی بہت مشکل ہے۔اگر درندوں اور دوسرے طاقت ور جانوروں کے خوف سے کہیں چھپ کے بیٹھے رہیں تو بھوک مار دے گی اور اگر کھانے،پینے کے لیے نکلیں تو درندے گھات لگائے بیٹھے ہوتے ہیں۔ہم مجبوروں کے لیے زندگی کیا خوب صورت ہوگی جب کہ قدم قدم پر موت منہ کھولے کھڑی ہو''

''ہمیں جینے کے لیے کیا کرنا چاہیے؟''اس نے اپنی ماں سے پوچھا تھا

''جینے کے لیے ضروری ہے کہ ان خونخوار جانوروں سے دور رہو کیونکہ ان کے دلوں میں ہمارے لیے رتی بھر رحم نہیں۔ان کے دل پتھر ہوتے ہیں۔ہمارے چیخنے چلاّنے اور تڑپنے کا ان پر کوئی اثر نہیں ہوتا۔ہم تو ان کا کچھ نہیں بگاڑ سکتے مگر وہ ہمیں جب چاہیں شکار کر سکتے ہے اس لیے بچت کی صرف ایک صورت ہے کہ چرنے کے لیے جنگل میں کسی ایسی جگہ کا انتخاب کرو جہاں بہت سے گھنے درخت ہوں اور دور سے یہ درندے تمھیں اپنی طرف آتے نظر آ جائیں اور تم بھاگ کر ان درختوں میں چھپ جاؤ''۔

''بس،یہی ایک صورت ہے''؟

''ایک صورت اور بھی ہے''اس کی ماں نے کہا تھا

''وہ کیا''۔اس کی کپکپاتی زبان نے بڑی مشکل سے سوال اُگلا

''وہ یہ کہ اگر خدانخواستہ کوئی درندہ تمھیں پکڑ لے اور کوئی انسان وہاں آجائے تو وہ تمھیں اس درندے سے چھڑا لے گا''۔

''وہ کیوں چھڑائے گا؟ہمیں کھانے کے لیے''؟خوف نے اس کی آنکھوں میں ڈیرے ڈال دیے

''نہیں،انسان تو بہت رحم دل ہوتا ہے۔وہ کسی کو اذیت نہیں دیتا،بلکہ وہ کسی کو مصیبت میں مبتلا نہیں دیکھ سکتا۔اس کا کام دکھیاروں کی ہم دردی اور غم گساری ہے''۔

''کیا انسانوں کے جنگل میں کوئی کسی پر ظلم نہیں کرتا''

''انسان جنگل میں نہیں رہتا۔اس نے شہر بسا لیے ہیں۔وہاں بھی ظالم لوگ ہوتے ہیں لیکن جنگل کا قانون نہیں ہوتا۔وہاں ظالم کو ظلم کی سزا ملتی ہے''۔

''انسان کیسا ہوتا ہے''۔اس کے معصوم ذہن میں تجسس اُمڈ آیا۔اس کا خیال تھا کہ شاید انسان ان درندوں کی طرح کوئی بڑا درندہ ہوگا۔اس کے بھی چار پیر،چار ٹانگیں اور دُم ہوگی۔اس کے جسم پر بھی بال ہی بال ہوں گے۔

''انسان اللہ کا سب سے خوب صورت شاہ کار ہے۔اس کے ہم چوپایوں کی طرح چار پیر نہیں ہوتے۔اس کی دو ٹانگیں ہوتی ہیں جن کے سہارے وہ کھڑا ہوتا ہے اور دو ہاتھ ہوتے ہیں جن سے وہ اپنے کام کرتا ہے''

''دو ٹانگوں پر وہ کیسے کھڑا ہو سکتا ہے۔ہم جانور تو اس طرح نہیں کھڑے ہو سکتے''۔اس نے دو ٹانگوں پر کھڑا ہونے کی کوشش کی تھی مگر دو ٹانگوں

نے سارا وجود اُٹھانے سے انکار کر دیا اور وہ گر پڑی تھی۔

''بندروں کو تو دیکھا ہے نا کبھی کبھی دو ٹانگوں پر چلتے ہوئے''

''اچھا اچھا، اس طرح''۔ اس نے مایوسی سے کہا تھا

''ان بندروں کی طرح نہیں۔ انسان تو خوب تن کر چلتا ہے اور ہاں اس کے سارے بدن کی بجائے صرف سر پر بال ہوتے ہیں۔ اور وہ کپڑے پہنتا ہے''۔

''یہ کپڑے کیا ہوتے ہیں''۔

''تمھیں یاد نہیں؟ ابھی کچھ دن پہلے جب ہم سب دریا پر پانی پینے گئے تھے اور بھینسے پانی میں نہا رہے تھے۔ اس دن بھینسے کے سینگ سے جو چیز اٹک کر باہر آگئی تھی اور بندروں نے اسے ایک دوسرے پر اچھال اچھال کر خوب اودھم مچایا تھا۔ وہی کپڑا ہے''۔

''دریا میں وہ کپڑا کیسے آ گیا''۔ اس نے معصومیت سے پوچھا تھا

''کسی نے دریا میں نہانے کے لیے کپڑے باہر اتارے ہوں گے اور وہ تیز ہوا یا کسی اور وجہ سے پانی میں گر گئے ہوں گے''۔

بدن پر لگنے والے ایک زخم کی تکلیف نے اس کی یادوں کا تسلسل توڑ دیا۔ وہ تڑپ رہی تھی لیکن ابھی اس کا حوصلہ مغلوب نہیں ہوا تھا۔ اس میں اب بھی زندہ رہنے کی امنگ باقی تھی۔ اچانک دور سے اسے ایک عجیب وغریب جانور اپنی طرف آتا نظر آیا۔ اس سے پہلے اس نے اس کو کبھی نہیں دیکھا تھا۔ دو ٹانگوں پر چلنے والا جانور۔ اچانک اسے یاد آیا کہ یہ تو وہی انسان ہے جس کے متعلق اس کی ماں نے بتایا تھا کہ وہ میری جان بچائے گا۔ ساری نشانیاں وہی تھیں۔ اس نے ویسے ہی کپڑے پہن رکھے تھے جیسے بندر ایک دوسرے پر اچھالتے تھے۔ بال بھی صرف سر پر تھے۔ اس انسان کے ہاتھ میں عجیب وغریب آلات تھے۔ اس نے جو ایک ہرنی کو شیر کے پنجوں میں پھڑکتے دیکھا تو وہیں رُک گیا۔ اس نے چند ثانیے یہ منظر دیکھا اور پھر جلدی جلدی اپنے آلات درست کرنے لگا۔ ہرنی مطمئن ہو گئی کہ وہ اس کی آزادی کا اہتمام کر رہا ہے۔ انسان کو دیکھ کر شیر کی گرفت بھی ڈھیلی پڑ گئی گویا وہ اس کی مداخلت سے اپنے شکار کو چھوڑنے پر آمادہ نظر آتا تھا۔ اگرچہ اس نے ہرنی کو قابو کیا ہوا تھا لیکن اس کی ساری توجہ اب اس انسان پر تھی جس کا کیمرہ شیر کے خون آلود منہ اور ہرنی کے تڑپ تڑپ کے مرنے کی فلم بنانے میں مصروف تھا۔

شیر کی غصیلی آنکھیں کچھ دیر تو فاصلے پر کھڑے انسان کو بڑے غور سے دیکھتی رہیں لیکن جب اسے یقین ہو گیا کہ وہ اس کے شکار کو چھڑانے کا ارادہ نہیں رکھتا تو وہ دوبارہ ہرنی کی طرف متوجہ ہوا۔ اس بار اس نے اس زور سے اس کی گردن میں دانت پیوست کیے کہ ہرنی کے بدن سے جان نکل گئی، مرتے مرتے اس ہرنی کے ذہن میں یہی ایک بات تھی کہ جس کو وہ انسان سمجھ بیٹھی تھی وہ تو کوئی عجیب وغریب جانور ہے۔

''کاش کوئی انسان آ جاتا تو میری جان بچ جاتی''۔ ہرنی کے منتشر وجود کو ابھی تک انسان کا انتظار تھا۔

شناخت

جاوید اختر (جمشید پور، بھارت)

وہ دونوں بستر پر سوئے ہوئے تھے۔ایک دوسرے میں بالکل سمائے ہوئے۔یوں لگتا تھا مانو کبھی نہ ختم ہونے والے بستر پر سوئے ہوئے ہیں.....

جی ہاں! یہ دونوں میاں بیوی ہیں اِن کے ڈھیر سارے بچّے ہیں دیکھو تو اُن کی خوابگاہ،اور دیواروں پر آویزاں بچّوں کی تصویریں لیلی،مونا،پنکی، ڈولی، جولی،روزی دوڑتی بھاگتی ہنستی مسکراتی اور کھیلتی ہوئیں۔

عجیب فضاء تھی.....ایسا لگ رہا تھا جیسے وہ بادلوں کے درمیاں کھڑا ہو کر دھندلے سفید ریشمی مرغولے اُس کے بدن کو مس کر رہے ہیں کبھی کبھی اِن مرغولوں میں ایک درار سی پڑ جاتی تھی اور اس درار میں اُسے جھانکتے ہوئے گداز اجسام نظر آتے تھے۔نرم،ملائم جانگھیں،گھنیری پلکوں سے ڈھکی ہوئی خوبصورت آنکھیں ،نرم ہونٹ جیسے اِن سے تازہ لہو ٹپک رہا ہو۔

دفعتاً اُسکے اندر ایک عجیب سے لجلجے پن کا احساس گھر کر گیا۔وہ اِن مرغولوں کی حد سے بچنے کی تدبیریں سوچنے لگا۔

اور وہ بھاگا.....لیکن وہ بھاگ نہیں سکا تیزی کے ساتھ پھینکے گئے پتھر کی طرح وہ نیچے کی طرف گرنے لگا۔

چھپاک.....

وہ گہرے پانیوں میں اترتا چلا گیا چاروں طرف نیلا پانی تھا اور سنہری مچھلیاں منہ پھاڑے اُس کی طرف بڑھ رہی تھیں جذبات سے مغلوب ہو کر اُس نے ایک مچھلی کی طرف ہاتھ بڑھایا اور مٹھی کس لی لیکن مچھلی اُس کی گرفت میں نہ آ کر اس کی پھسل کر بہت دور نکل گئی۔اُس کے ہاتھ میں صرف ایک لجلجا رقیق چپک کر رہ گیا کراہیت کا وہی جذبہ اُسے ڈنک مار گیا اُس کے سارے بدن میں جیسے آگ لگ گئی۔

آگ.....

ایک بہت بڑا الاؤ تھا جس کے گرد نیم برہنہ جنگلی عورتیں جنونی رقص کر رہی تھیں اور وہ خود ننگی حالت میں ایک شیطانی مجسمے سے بندھا ہوا تھا جس کے دانتوں سے لجلجا لہو بوند.....بوند ٹپک رہا تھا۔اُسے یہ احساس ہوا کہ یہ ساری عورتیں اُس کی مائیں ہیں جو اپنے بچّے کو دیوتا کی قربان گاہ پر بھینٹ چڑھانے لائی ہیں اور بہت جلد یہ واضح ہو گیا کہ واقعی وہ اُس کی مائیں ہی ہیں کیوں کہ اُن میں سے جس کی چھاتی سڑے ہوئے گوشت کی طرح تھی۔اس کی ماں تھی جسے مرے ہوئے چند ہی سال گذرے تھے۔جب بھی آگ کا شعلہ بلند ہوتا اُن میں سے ایک وحشی عورت اُس کے پاس آتی اور باری باری اپنی دونوں چھاتیوں کو اُس کے منہ سے لگا دیتی۔اور وہ کسی بھوکے بچّے کی طرح مزے سے اُس لسلسے اور بدبودار دودھ کے ذائقے کو اپنے حلق کے اندر اُتارتا پھر وہ عورت اُس کے پوشیدہ حصّوں سے نہ جانے کیا کھلواڑ کرتی کہ اُس کی سکڑی ہوئی نسیں تن جاتیں اور آنکھیں اُبل پڑتیں۔ہونٹ کے دہانے سے کوئی لجلجا رقیق بہنے لگتا لذّت کی گراں باری سے وہ نچلے ہونٹ کو اپنے تیز دانتوں سے لہولہان کر لیتا اور آنکھیں سختی سے مینچ لیتا.....دفعتاً اُسے محسوس ہوا کہ اُسکے جانگھوں کے بیچ کا حصّہ نہیں رہا جیسے کسی نے اُسے تراش لیا ہو اُس کے منہ سے ایک بھیانک چیخ بلند ہوئی.....

آنکھ کھلی تو اُس نے دیکھا کہ وہ اپنے بستر پر ہے اور اُس کی تمام بچیاں اُسکے بدن کو تختۂ مشق بنائے ہوئی ہیں۔بچّیوں کو اُس نے ڈانٹ کر بھگا دیا۔

اب وہ اپنی بیوی کو پھٹی پھٹی آنکھوں سے گھورے جا رہا تھا۔اُس کی مضبوط باہیں بیوی کی گداز اور ملائم چھاتیوں کے اردگرد حمائل تھیں۔وہ گہری نیند میں تھی.....آدھ کھلی آنکھیں صاف وشفاف چہرہ اور مسکراتے ہوئے ہونٹ .....اچانک اُس نے اپنی باہیں بیوی کے جسم سے الگ کیں اور اُٹھ کر خوابگاہ میں لگی مختلف تصویروں کو گھورنے لگا۔

لیلی.....ایک سرسبز وشاداب میدان میں کھڑی ہے اُس نے سفید سوٹ پہن رکھا ہے۔بڑی دلکش لگ رہی ہے اُس کے گھنے بال ہوا میں لہرا رہے ہیں۔بال کیوں اُڑ رہے ہیں! آس پاس پیڑوں اور پودوں کا تو نام ونشان نہیں ہے صرف اوپر صاف اور شفاف نیلے آسمان کے سوا۔اُس نے یہ تصویر شاید کالج کے پکنک ٹور پر کھنچوائی تھی وہ کیمرہ بھی تو ساتھ لے گئی تھی۔

مونا.....ابھی ابھی اسکول سے آئی ہے پسینے کی بوندیں اُس کے چہرے پر نمایاں ہیں۔وہ بہت زور سے مسکرا رہی ہے بالکل اپنی امّی کی طرح جب ہنستی ہے تو دانتوں کے قطاروں کے ساتھ ہلکا سا گلابی مسوڑہ بھی نمایاں ہو جاتا ہے۔میں نے ہی تو اُسے ہنسایا تھا۔اپنی ناک کو چپٹا کر کے۔وہ ہنس پڑی تھی اور میں نے بٹن دبا دیا تھا۔

پنکی.....یہ بہت خاموش طبیعت کی لڑکی ہے۔اُسے میں نے کبھی ہنستے ہوئے نہیں دیکھا۔بڑی سنجیدہ ہے۔اُس نے کبھی مجھ سے ٹافی کیلئے ضد نہیں کی،یوں لگتا ہے جیسے اُس کی کوئی خواہش ہی نہیں تصویر میں بھی یہ بالکل خاموش کھڑی ہے۔بہت اِلتجاؤں کے بعد اُس نے تصویر کھنچوائی تھی۔اور بٹن دبتے ہی بڑی خاموشی کے ساتھ اپنے کمرے میں چلی گئی تھی۔

یہ ڈولی ہے.....اپنی امّی کے ہاتھ پکڑے ہوئے بڑی ضدی لڑکی ہے آٹھ سال کی ہو گئی ہے لیکن اکثر راتوں کو میرے بستر پر آ کر سو جاتی ہے اور مجھے پیار کرنے لگتی ہے ایک بار تو اُس نے حد ہی کر دی تھی میرے نچلے ہونٹ کو اتنے زور سے دانتوں سے دبایا تھا کہ میرے ہونٹ سیاہ پڑ گئے تھے ابھی بھی

میرے نچلے ہونٹ پر کٹنے کا نشان باقی ہے۔

اور یہ ہے جولی.... بہت شریر، بچپن سے ہی اُسے توڑ پھوڑ کی عادت ہے اُس نے ایک بار میرا قیمتی چشمہ توڑ ڈالا تھا کیوں کہ دفتر سے لوٹتے وقت میں ہر روز کی طرح ٹافی لانا بھول گیا تھا تصویر میں بھی اُس کی شرارت عیاں ہے ہاتھ میں اُس نے جو گڑیا پکڑ رکھی ہے غور سے دیکھئے اُس کا سر غائب ہے اُس کی یہ گڑیا میں نے اُس کے برتھ ڈے پر دی تھی بڑی قیمتی گڑیا تھی یہ.... سر توڑ کر کہنے لگی۔ ڈیڈی میں نے اپنی گڑیا کا سر توڑ ڈالا ہے کیوں کہ یہ ہنستی نہیں تھی۔ صرف آنکھیں پھاڑے گھورتی ہی رہتی تھی۔

اور یہ ہے میری سب سے چھوٹی بیٹی روزی.... ابھی یہ پانچ چھ دنوں کی ہی ہے بڑی پیاری بچی ہے بیوی نے ہسپتال میں مجھے بتایا تھا کہ جب یہ پیدا ہوئی تو نوزائیدہ بچے کی طرح نا تو سفید پپڑیاں جالے کی طرح اُس کے ہونٹوں پر چسپاں تھیں اور نا پیروں کے تلووں اور ہتھیلیوں میں ہی شکنیں تھیں وہ بالکل صاف اور شفاف تھی اور وہ روئی بھی نہیں تھی دیکھو میری گود میں کتنے پیار سے مسکرا رہی ہے بیوی نے یہ تصویر ہسپتال سے گھر آنے کے دوسرے ہی دن کھنچوائی تھی۔

میرے بچے کتنے پیارے ہیں میں انہیں بہت چاہتا ہوں۔ دفتر سے آنے کے بعد سارے بچے مجھے ڈیڈی ڈیڈی کہہ کر لپٹ جاتے ہیں۔ اور چوم چوم کر میرا چہرا سرخ کر دیتے ہیں۔ پنکی جو سیدھی سادھی اور سنجیدہ ہے اُسکی فطرت بھی اُسی کی طرح دلکش اور خوبصورت ہے۔ وہ سب سے آخر میں آتی ہے جب بوسوں اور شور وغل کا دور ختم ہو جاتا ہے۔ وہ آتے ہی میرے موزے، جوتے اور ٹائی اُتارنے لگتی ہے۔ میں شاید سب سے زیادہ اُسے ہی چاہتا ہوں۔ تھوڑی دیر کے بعد جب سبھی بچے اپنے اپنے کمرے میں چلے جاتے ہیں۔ تو بڑے پیار سے مجھے باتھ روم جانے کو کہتی ہے۔ منہ ہاتھ دھو کر واپس آتے ہی وہ کوفی یا چائے لے کر آتی ہے۔ ایک کپ اپنے لئے بھی لے آتی ہے۔ اور ساتھ بیٹھ کر خاموشی کے ساتھ پینے لگتی ہے۔ وہ تو میرا اتنا خیال رکھتی ہے، جیسے وہ میری بیٹی نہیں بیوی ہو یا........ پھر میری ماں ڈھیر سارے بچے ہونے سے پہلے جیسے میرا خیال بیوی رکھتی تھی۔ اب تو اُسے گھر کی صفائی اور کچن سے فرصت ہی نہیں ملتی وہ تو مجھے بستر سے اُٹھنے کے بعد بستر پر ہی ملتی ہے۔ تھکی تھکی.... چور چور۔ کبھی کبھی دو چار باتیں کر کے سو جاتی ہے۔ وہ تو میں بے صبرہ ہوں جو اپنے مطلب کے لئے دیر تک جگائے رکھتا ہوں۔ اور جب میں مطمئن ہو جاتا ہوں تو کروٹ بدل کر گہری نیند سو جاتا ہوں۔ اندھیرے میں جب نیند کھلتی ہے تو بے خبر سوئی ہوئی بیوی پر بہت پیار آتا ہے۔ میں اُسے اتنا چومتا ہوں کہ اُس کی نیند کھل جاتی ہے۔ اور آنکھیں کھلتے ہی وہ بستر سے سیدھے کچن میں جانے کی کوشش کرنے لگتی ہے۔ اتوار کی صبح تو جیسے اُس کی جان بچ جاتی ہے کیونکہ اُس دن بچوں کے ساتھ چرچ میں عبادت کا دن ہوتا ہے۔ پانچ بجے صبح سے ہی اپنی اور بچوں کی تیاریاں کرنی پڑتی ہیں اُس دن میری پیاری بیوی جو میری روح ہے بچ جاتی ہے۔ ورنہ ہفتے کے اور دنوں میں اُسے بانہوں میں لے کر دس بارہ بوسے ہونٹوں اور گالوں کو ملا کر لے لیتا ہوں۔

ایک جگہ اور میں بوسے لیتا ہوں.... مجھے بہت اچھا لگتا ہے لیکن اُسے بہت شرم آتی ہے۔ اس کے لئے تو وہ بہت دیر میں راضی ہوتی ہے کبھی کبھی تو بہت ناراض ہو جاتی ہے۔ لیکن اکثر وہ بڑی معصومیت سے راضی بھی ہو جاتی ہے۔

میں اپنی بیوی سے پوری طرح مطمئن ہوں وہ راتوں کی تاریکی ہو یا پھر دن کا اُجالا وہ دونوں صورتوں میں پوری کی پوری کھری ہے صبح اس کے ہونٹ سوجے ہوئے ہوتے ہیں اور دن میں کاموں کے بوجھ سے اُس کے ہاتھ پیر....

سوتے ہوئے چہرے کو دیکھو کتنا اطمینان اور سکون ہے اُس کے چہرے سے اُسکی آسودگی عیاں ہے۔ ادھ کھلی آنکھیں.... سوجے ہوئے ہونٹ پھیلی ہوئی گداز باہیں.... اور جانگھوں سے اوپر اُٹھی ہوئی میکسی.... اُسے اپنی چھاتی کا بھی خیال نہیں کس قدر عیاں ہو چکی ہیں۔ وہ تو میں ہوں جو ہر صبح اُٹھنے سے پہلے اُس کے سینے کے بٹن بند کر دیتا ہوں۔

وہ پھر اپنی بیوی کے بغل میں لیٹ گیا.... اُس کی آنکھیں اپنی بیوی کے نشیب وفراز پر پھسل رہی تھیں۔ باہر ابھی تک اندھیرا تھا صبح ہونے میں ابھی دیر تھی وہ دیر تک اپنی بیوی کو نہارتا رہا پھر اچانک اُس نے اُسے بانہوں میں بھر لیا۔

نرم ملائم گداز جسم اُس کے مضبوط اور پتھریلی بانہوں میں جیسے روئی کے گالوں کی مانند سما گیا وہ سمایا رہا آج اُسے یہ بھی خیال نہیں رہا کہ وہ پوری طرح ننگی ہو چکی ہے دن بھی چڑھ آیا ہے اُسے بھی نا جانے کیا ہو گیا تھا۔ ابھی تک وہ نا تو جاگی ہی تھی اور نا ہی روز کی طرح کسمسا کر کچن میں ہی دوڑی تھی۔ وہ بے سدھ سوئی ہوئی تھی۔ یا پھر اُسے آج یہ سب اچھا لگ رہا تھا۔ دفعتاً اُسے محسوس ہوا کہ اس کی بانہوں میں کوئی ملائم اور لجلجی شئے قید ہے۔ اُس کے بستر پر بے شمار لسلسی بدبودار مچھلیاں رینگ رہی ہیں۔ جانگھوں کے بیچ کوئی ٹھنڈی شئے آکر چپک گئی ہو وہ اُچھل کر بیوی سے الگ ہو جاتا ہے۔ وہ ابھی بھی سو رہی تھی۔ ایک نا معلوم سی کلبلاہٹ اس کے رگ وپے میں سرایت کر گئی تھی وہ مادرذات ننگا باتھ روم میں نہا رہا تھا۔ بالکل زرد ستر.... یکایک اُسے محسوس ہوا اُس کے مضبوط اور پتھریلے جسم میں کوئی گداز اور ملائم شئے برق کی سی تیزی سے سرایت کرتی جا رہی ہے۔ وہ چونک پڑتا ہے آنکھیں پھٹی کی پھٹی رہ جاتی ہیں باتھ روم میں لگے آئینے کے مقابل وہ کھڑا تھا۔ سرتاپا وہ اپنے آپ کو نہار رہا تھا۔

جانگھوں کے بیچ کا وہ حصّہ جس میں کوئی ٹھنڈی سی شئے آکر چپک گئی تھی بالکل سپاٹ تھا۔ چہرے پر اُگی ہوئی داڑھی کے سخت بال بھی نہیں رہے۔ اُن کی جگہ چکناہٹ اور ملائمیت نے لے لی ہو۔ لمبی لمبی گداز باہیں نکل آئی ہوں۔ گداز اور ملائم چھاتیاں زمین کو چھو رہی ہیں۔ اور اُن کے نیپلس اس کے پیروں کے انگوٹھوں کو.... وہ ہو بہو ایک گداز عورت میں بدل چکا ہے آنکھوں کے کنارے کھنچ کر لمبے ہو گئے ہیں۔ اور جسم کے اُس حصّے سے ایک انجانا سا سرور

اسے کمزور کر رہا ہے کہ کوئی سخت شئے اس میں سرایت کر جائے۔اور وہ آنکھیں بند کیئے شاور کے نیچے لیٹا رہے۔

لیکن دوسرے ہی پل جیسے اُسے کچھ یاد آ گیا ہو گہرے پانیوں میں تیرتی ہوئی سنہری مچھلیاں الاؤ کے گرد رقص کرتی نیم برہنہ جنگلی عورتیں۔شیطانی مجسمے سے بندھا اُس کا برہنہ جسم۔اور کسی بدروح کی بھیانک چیخ کے ساتھ اُس کے ہونٹوں سے بدبودار چھاتیوں کا لگنا۔اُس کی آنکھوں کے سامنے سب کچھ واضح طور پر نمایاں ہو گیا۔دفعتاً اُسے محسوس ہوا جیسے ''کافکا'' کے ناول کے کردار کی طرح اُس کا بھی میٹا فارماسس ہو چکا ہے فرق صرف اتنا ہے کہ ''کافکا'' کا کردار کاکروچ میں بدل گیا تھا اور وہ ایک نازک اندام دوشیزہ میں اُس نے ایک جھرجھری سی لی اور باتھ روم سے نکل گیا۔وہ بالکل خالی الذہن بیٹھا تھا کہ اچانک فون کی گھنٹی نے اُسے چونکا دیا۔یس کمنگ۔میں تیار ہوں۔وہ اپنی گدّے دار کرسی میں اچھل کر رہ گیا۔ایک نسوانی آواز نے اُسے مخاطب کیا تھا۔

اُف یہ اذیت۔یہ نسوانی مترنم آوازیں۔

ملائمیت۔اور گداز پن کا احساس....اُسے یوں لگا۔مانو اُس کی انگلیاں فون میں دھنس جائیں گی اور اُس کا جسم گدّے دار چیئر میں....وہ سر پکڑ کر بیٹھ گیا۔آنکھیں بند تھیں۔اور ذہن کہیں دور خلاؤں میں محوِ پرواز....

مے آئی کم اِن سر۔بیک وقت کئی نسوانی آوازوں نے اُسے گھیر لیا۔سر آپ نے ہمیں ڈکٹیشن کے لئے بلوایا ہے۔

وہ اِن خوبصورت عورتوں کو اپنی خالی خالی آنکھوں سے تکے جا رہا تھا۔اُس کا جسم ساکت تھا۔اور آنکھیں اُن عورتوں کے وجودوں پر پھسل رہی تھیں۔پیشانی پر بے شمار سلوٹیں ابھریں اور غائب ہو گئیں۔اب وہ ایک مکمل مضحکہ خیز انداز میں اپنے چیئر پر اکڑو بیٹھا ہوا۔اُلوؤں کی طرح انہیں ایک ٹک دیکھے جا رہا تھا۔جذبات سے عاری چہرہ بالکل پیلا پڑ گیا تھا۔آنکھیں بڑی بڑی ہو کر باہر کو نکل آئی تھیں۔اُسے محسوس ہوا جیسے یہ ساری عورتیں اُس پر جھک آئی ہیں۔اور اُن کی بڑی بڑی گداز چھاتیاں اُس کے منہ کے راستے اُس کے اندر داخل ہو رہی ہیں۔وہ چیخ پڑتا ہے۔اور دوسرے ہی لمحے بندروں کی مانند چھلانگ لگاتے ہوئے چیمبر سے باہر نکل جاتا ہے۔

وہ اب سڑکوں پر بڑی تیزی سے چلا جا رہا تھا۔کہاں؟ اُسے خود بھی پتا نہ تھا۔بس وہ چلتا ہی جا رہا تھا۔اُلوؤں کی طرح پلک جھپکاتے ہوئے، تیز، بہت تیز....اور بہت تیز....

سڑک کے کنارے بنے عمارتوں کی منزلوں سے جھانکتی عورتیں۔فٹ پاتھ پر ہنستی کھلکھلاتی دوشیزائیں۔قہقہوں کے بیچ سڑک پار کرتی کالج کی طلبات اور خوبصورت شوکیشوں میں سجی بڑی بڑی ماڈل گرل جیسے سب اُس کا پیچھا کر رہی ہوں۔وہ تیز اور بہت تیز اور بہت تیز بھاگتا رہا۔

شام کی سیاہی گہری ہوئی اور وہ ایک کلب میں داخل ہو گیا وہ ایک خالی میز پر بیٹھ گیا اندر مدھم سی روشنی پھیلی ہوئی تھی اُس کی الوؤں کی طرح بڑی بڑی آنکھیں اپنے اطراف کا بڑے غور سے جائزہ لے رہی تھیں۔

ساری میزیں پُر تھیں کھنکھناتی نسوانی آوازیں کلب کے ماحول پر محیط تھیں یہ مسٹر چوپڑا ہیں ایک سال ہوئے کار ا کسیڈینٹ میں ان کی پتنی کا دیہانت ہو گیا تھا یہ اکیلی آئی ہیں سامنے جو بیٹھی ہیں وہ ابھی شادی شدہ نہیں ہے اور جو دور بیٹھی قہقہے لگا رہی ہے جس کے ہاتھوں میں سگریٹ ہے اُس کا ہسبینڈ اُسے چھوڑ کر امریکہ جا بسا ہے اور وہ جو ساری عورتیں بیٹھی ہیں یوں لگتا ہے جیسے یہ ساری کی ساری بیوہ ہو چکی ہیں اور سبھی کے ہسبینڈ مر چکے ہیں تبھی تو یہ سب اکیلی آئی ہیں اُسے اپنا وجود کھوکھلا محسوس ہوا جیسے کچھ کھو سا گیا ہو اُس کی آنکھیں کچھ تلاش کر رہی ہیں وہ نامکمل ہے اس کے اپنے وجود میں ہی کہیں کچھ سڑ گیا ہے جس کی بدبُو وہ اپنے چہار سو محسوس کر رہا ہے۔

وہ شاید کہیں کھو گیا ہے۔اپنے اردگرد کا وہ باریکی سے جائزہ لیتا رہا لیکن وہ کہیں بھی تو نہیں اپنے وجود کا کرب اُسے اندر ہی اندر جیسے کھوکھلا کیئے جا رہا تھا وہ سڑکوں، پارکوں، موٹروں، فٹ پاتھوں، ہوٹلوں، کلبوں، گھروں اور دفتروں میں اپنے آپ کو تلاشتا پھرتا رہا....وہ ہاتھوں میں بیگ لئے کتنی تیزی سے جا رہی ہے وہ دیکھو پارک کے اُس کونے میں جہاں پختہ سمینٹ کی کرسیاں نصب ہیں چالیس سال کی ایک عورت اپنے ڈھیر سارے بچوں کے ساتھ خوش گپّیوں میں مشغول ہے وہ بڑے بڑے بال والی سفید عورتیں کتنی تیزی سے کار چلا رہی ہیں اور وہ جو بیٹھی ہے کتنی موٹی اور بدشکل ہے اُس کی جوان لڑکی ہے گھر میں بھی ڈھیر ساری لڑکیاں اور بچیاں ہیں دفتر میں بھی تو جیسے اچانک سارے کے سارے اسٹاف ہی بدل گئے ہیں۔

وہ اسٹینو جس کی بڑی بڑی مونچھیں تھیں۔پتا نہیں کیوں اُس نے استعفیٰ دے دیا اُس کی جگہ ایک نہایت نازک اندام لیڈی آ گئی ہے ہونٹوں پر ہمیشہ ایک موٹی پرت سُرخی کی لگی ہوتی ہے۔

اُس کا چپراسی بھی تو بدل گیا ہے پتا نہیں کہاں کھوں گیا چھٹی لے کر جو گیا تو پھر واپس نہیں آیا۔اُس کی جگہ ایک بھدّی موٹی سی تھل تھل کرتی عورت آ گئی ہے جو صبح ہی صبح اُسکی میز پر چائے رکھ جاتی ہے۔

وہی شکلیں....وہی صورتیں....وہی مانوس آوازیں....ویسی ہی مانوس شباہتیں اور ویسی ہی ملائم گداز احساسات ایک نسوانی آواز اُس کی سماعت سے ٹکرائی ''کیا آپ میرے ساتھ ڈانس کرنا پسند کرینگے'' Please come and enjoy

چند لمحے کے لئے جیسے اُس کی سماعت بند ہو گئی ہو وہ اُس عورت کو پھر الوؤں کی طرح دیکھے جا رہا تھا اُس کی نگاہیں اُس کی گول گول چھاتیوں پر مرکوز تھیں۔پھر نا جانے کیوں بندروں کی طرح اپنی جگہ سے اُچھلا اور تیزی سے باہر نکل گیا۔وہ ایک بار پھر سڑکوں پر تیز....اور تیز....اور بہت تیز بھاگ رہا تھا۔

وہ کئی دنوں سے اپنی خوابگاہ میں اپنے آپ کو قید کیے ہوئے تھا بیوی بچوں نے دروازہ کھولنے کی کوشش کی لیکن نا کام رہے وہ سب خوف زدہ تھے کیوں کہ خوابگاہ کے اندر سے اکثر و بیشتر نسوانی چیخیں اور کراہنے کی آوازیں آتی تھیں جیسے اندر کوئی نازک اندام دوشیرہ پر کوئی کوڑے برسا رہا ہو....

آج کئی دنوں بعد خوابگاہ کا دروازہ اپنے آپ کھل گیا تھا اُس کی داڑھی اور مونچھ بڑی بڑی ہوگئی تھیں۔ جسم پر کپڑے کا نام ونشان نا تھا پورے جسم پر گھنے بال اُگ آئے تھے....وہ اپنی بیوی کو دیکھ کر مسکرایا....بیوی کے پیٹ کے اُبھار پر اُس نے اپنے ہونٹ رکھ دیئے اور تھرائی ہوئی آواز میں کہا....میں نے خوابگاہ کی ساری تصوریں چُور چُور کر ڈالی ہیں میرا وجود....میری شناخت....تمھارے پیٹ میں پل رہا ہے....اور....اور دوڑ کر اُس نے خوابگاہ کا دروازہ بند کر دیا۔

غبارِ وقت

شفیع ہمدم
(فیصل آباد)

میں ایک صنعتی شہر کے گورنمنٹ کالج میں اردو ادبیات کا استاد ہوں۔ شہر کے مشینی ماحول میکانکی رویوں کی وجہ سے میرا اپنے باطن سے رشتہ بہت کمزور پڑ گیا ہے۔ شہر کے شور وغل، دھویں اور تیز رفتاری کی وجہ سے میرے باطن پر شور، دھوئیں اور سیاہی نے اپنے پنجے گاڑ رکھے ہیں۔ صنعتی شہر کے غل غباڑے، ملوں اور فیکٹریوں اور گاڑیوں کے دھوئیں اور بلند وبالا عمارات اور پلازوں کی وجہ سے میں فطرت سے کٹ کر رہ گیا ہوں۔ سورج نکلنے اور غروب ہونے کے حسین مناظر کو ترس رہا ہوں۔ شہری زندگی کی رفتار بہت تیز اور تنوع بے پناہ ہوتا ہے جبکہ دیہاتی زندگی کی رفتار فطرت کے مطابق ہوتی ہے۔ چنانچہ میں گزشتہ چھ سات سالوں سے شہر کی ہنگامہ خیز زندگی سے نکل کر اپنے دوست جبّار کے گاؤں چلا جاتا ہوں۔ یہ گاؤں شہر سے اسّی کلومیٹر کی دوری پر ہے۔ پندرہ بیس روز قیام کے بعد واپس آ جاتا ہوں۔ دیہات میں گزارے ہوئے دن میرے اندر عجیب سے شگفتی پیدا کر دیتے ہیں۔ گاؤں پہنچ کر میرا باطن سے ٹوٹا ہوا رشتہ خود بخود استوار ہو جاتا ہے۔ اس سال موسم گرما کی چھٹیاں ہوئیں تو میں نے جبّار کے گاؤں جانے کا پروگرام بنایا۔ گاؤں میں جبّار میرا انتظار کر رہا تھا۔ مجھے دیکھ کر بہت خوش ہوا اور نہایت گرم جوشی سے معانقہ کیا۔ گاؤں پہنچ کر مجھے ایسے محسوس ہوا جیسے میں فطرت کی آغوش میں پہنچ گیا ہوں۔ چاروں طرف ہوا کے دوش پر لہلہاتے کھیت، مستی میں جھومتے ہوئے گھنے سایہ دار درخت، ٹیوب ویل میں نہاتے اور چھینٹے اڑاتے بچے اور پانی بھرتی مٹیاریں، ایسے مناظر شہروں میں کہاں ملتے ہیں۔ گاؤں میں مجھے فطرت سے مصافحہ اور معانقہ کرنے کے بے شمار مواقع ملتے ہیں۔ شام کے وقت اکثر جبّار اور میں ندی کے کنارے پہنچ جاتے ہیں۔ جس کے دونوں طرف درخت کھڑے ہوتے ہیں۔ گنگناتی اور اٹھکیلیاں کرتی ہوئی ندی کا پانی خراماں خراماں بہے چلا جاتا ہے۔ ہم دونوں ندی کے کنارے دور تک چلے جاتے ہیں اور جب تھک جاتے ہیں تو ندی کے پانی میں پاؤں ڈال کر بیٹھ جاتے ہیں اور خوب لطف اندوز ہوتے ہیں۔ گاؤں کے لوگ بھی سادہ، پرخلوص اور محبت کرنے والے ہوتے ہیں۔ جبکہ شہروں میں لوگ منافقت، عداوت اور ریاکاری جیسی علتوں میں مبتلا ہوتے ہیں۔ میں یہاں ہر روز طلوعِ آفتاب اور غروبِ آفتاب کا منظر دیکھتا ہوں۔ یہاں پر غل غپاڑہ نام کو نہیں۔ یہاں پتا بھی کھڑکے تو آواز سنائی دیتی ہے۔ کھیتوں کی پگڈنڈیوں پر چلنا مجھے اچھا لگتا ہے۔ دور سے بانسری کی مدھر آواز جب کانوں میں پڑتی ہے تو ایسے محسوس ہوتا ہے جیسے سارا ماحول گنگنا رہا ہو اور پیڑ رقص کر رہے ہوں۔

ایک روز شام کے وقت میں گاؤں کی کچی سڑک پر جا رہا تھا سامنے سے ایک خمیدہ کمر بڑھیا آہستہ آہستہ آ رہی تھی۔ دفعتاً اس نے ٹھوکر کھائی۔ وہ گرنے ہی والی تھی کہ میں نے لپک کر اسے تھام لیا۔ وہ دعاؤں کے ڈھیروں پھول مجھ پر نچھاور کرتی ہوئی پھر سے سنبھل کر چلنے لگی۔ اس سے کچھ فاصلے پر ایک بوڑھا آدمی کھڑا ہوا تھا جسے میں اچھی طرح جانتا تھا۔ تین سال پہلے وہ شہر کے ہائی اسکول میں تعلیمی خدمات انجام دیتا رہا تھا اور ریٹائرمنٹ کے بعد اپنے گاؤں میں مستقل طور پر آ گیا تھا۔ اس سے میری کئی ملاقاتیں ہو چکی تھیں۔ اسے اردو ادب سے گہرا لگاؤ تھا۔ وہ رائٹر تو نہیں تھا مگر اردو ادب کا مطالعہ وسیع تھا۔ اسے افسانے، خاکے، انشائیے، ناول اور سفرناموں سے بڑی رغبت تھی۔ شاعری کا شوق بھی فزوں تر تھا۔ جدید اور قدیم شعرا کا کلام اسے زبانی یاد تھا۔ جب بڑھیا چلی گئی تو وہ میرے قریب آ کر بولا ’’آپ نے جس بڑھیا کو سہارا دے کر گرنے سے بچایا تھا کیا آپ اسے جانتے ہیں‘‘۔ ’’بالکل نہیں وہ گرنے لگی تو میں نے لپک کر اسے سہارا دیا تو وہ گرنے سے بچ گئی ورنہ بہت چوٹیں آتیں بے چاری کو‘‘۔

’’آیئے میں اسی کے بارے میں تفصیل سے بتاتا ہوں۔ یہاں نہیں آپ میرے غریب خانے پر تشریف لایئے وہاں بیٹھ کر آرام سے باتیں کریں گے‘‘۔ اس کا گھر قریب ہی تھا۔ اس نے ڈرائنگ روم کا دروازہ کھول کر ایک صوفے پر بٹھانے کے بعد میرے منع کرنے کے باوجود یہ کہہ کر اندر چائے کا کہنے چلا گیا کہ ’’آپ پہلی مرتبہ میرے گھر آئے ہیں چائے تو ضرور پینا پڑے گی‘‘ اس کی غیر موجودگی میں میں اس کے ڈرائنگ روم کا جائزہ لینے لگا۔ مجھے اس ڈرائنگ روم میں شہری اور دیہاتی زندگی کا حسین امتزاج نظر آیا۔ ڈرائنگ روم خاصا کشادہ تھا۔ فرش پر درمیانی قیمت کا پھولوں والا قالین بچھا تھا۔ ڈرائنگ روم میں ایک طرف جدید طرز کے صوفے اور دوسری طرف دیہاتی قسم کی کرسیاں تھیں۔ کمرے کے ایک کونے میں تپائی پر ایک چھوٹا سا خوبصورت گھڑا رکھا ہوا تھا۔ دوسرے کونے میں ہرنی، ہاتھی اور بارہ سنگھے کے مجسمے براجمان تھے۔ کمرے کی دیواروں پر پینٹ کیا ہوا تھا۔ کمرے کی ایک دیوار پر رنگ برنگے رنگوں سے بنی ہوئی خوبصورت چھنگیر استادہ تھی۔ دوسری دیوار پر خوبصورت پینٹنگ سجی ہوئی تھی۔ وہ ڈرائنگ روم شہری اور دیہاتی زندگی کی بھرپور نمائندگی کر رہا تھا۔

میں اس شخص کی جمالیاتی ذوق کی داد دیئے بغیر نہ رہ سکا۔ اتنے میں وہ چائے اور کھانے پینے کی چیزیں پلیٹوں میں سجا کر لایا تو میں نے کہا ’’آپ نے تو بہت تکلیف کی، ان اشیاء کی ضرورت نہ تھی صرف چائے کا ایک کپ ہی کافی تھا‘‘۔ ’’آپ پہلی مرتبہ میرے گھر آئے ہیں آپ کی خدمت کرنا

میرا فرض بنتا ہے‘‘۔ اس نے پھر پہلے والا جملہ دہرایا۔ ہم دونوں چائے پینے میں مصروف ہو گئے۔ وہ میرے قریب ہی صوفے پر بیٹھ گیا۔ پلیٹوں میں پڑی ہوئی اشیاء مجھے اٹھا کر دیتا اور پُر زور اصرار سے کھلاتا۔ اس نے مجھے اتنا کھلا دیا کہ رات کے کھانے کی حاجت نہ رہی۔ چائے سے فارغ ہو کر وہ بولا۔ ’’جس بوڑھی عورت کو آپ نے سہارا دیا تھا وہ جوانی میں بے حد حسین وجمیل تھی۔‘‘ اس کی آنکھیں غزالانِ دشت جتنی، اس کے رخساروں پر جگنو رقص کناں تھے‘‘

’’آپ تو بہت مشکل اردو بول رہے ہیں، ذرا آسان اردو بولیئے‘‘

ہمدم صاحب آپ اردو ادبیات کے پروفیسر ہیں۔ اس قسم کے ادبی جملے آپ کے سامنے نہیں بولوں گا تو کیا دتو موچی اور فجے نائی کے سامنے بولوں گا۔ دتو موچی اس گاؤں کا واحد موچی تھا جو لوگوں کے جوتے مرمت کر کے اپنی روزی کماتا تھا۔ اس دفعہ میں نے بھی اس سے اپنی چپل مرمت کروائی تھی۔ پیسے پوچھے تو وہ بولا’’ بابو جی آپ اس گاؤں کے مہمان ہیں ہم مہمانوں سے پیسے نہیں لیا کرتے‘‘۔ فجا نائی کی گاؤں میں دکان ہے۔ وہ گھروں میں بھی چلا جاتا تھا۔ میں نے جب پہلے روز اس سے شیو بنوائی تو اس نے پیسے نہیں لیے اور بولا پھر آ ؤ گے تو پیسے لے لوں گا۔ وہ بھی مجھ سے کم پیسے لیتا تھا مگر میں زبردستی اس کی میز پر پورے پیسے رکھ کر آ جایا کرتا تھا۔ وہ پھر بولنے لگا۔ اس کی زلفیں کالی گھٹا کی مانند تھیں، اس کے ہونٹوں کا رنگ گلابی تھا، اس کا چہرہ نو دیدہ گلاب کی مانند تھا، اس کے دندان کی اتنی چمک تھی کہ دُرِ خوش آب میں بھی ایسی چمک مفقود تھی۔ غرضیکہ اس پر ٹوٹ کر شباب آیا تھا۔ اس کی آواز میں اس قدر لوچ تھا کہ جیسے مندر میں گھنٹیاں بج رہی ہوں۔ اس کے بوٹے سے قد میں اتنی کشش تھی کہ اسے دیکھ کر سرو بھی شرم سے سرنگوں ہو جاتے تھے۔ جوانی کے خمار میں جب وہ چلتی تو اس کی پتلی کمر اس انداز میں بل کھاتی کہ دیکھنے والوں کے دل دھک دھک کرنے لگتے تھے۔ غمزودل ستاں اور عشوہ گری اس کے حسن پر نور کو اور بھی پرکشش بنا دیتے تھے۔ اسے ایک نظر دیکھنے کے لیے گاؤں کے اکثر نوجوان اس کی راہ تکا کرتے تھے۔

’’حبیب صاحب آپ بھی اس کی زلف کے ضرور اسیر رہے ہوں گے‘‘۔ ’’نہیں میں اس وقت سات آٹھ سال کا تھا اور اس کی عمر اٹھارہ انیس تھی مگر وہ مجھے بہت اچھی لگتی تھی۔ کئی مرتبہ اس نے مجھ سے سودا سلف منگوایا تھا۔ مجھے اس کا کام کرتے ہوئے عجیب سے خوشی ہوتی تھی۔‘‘ گاؤں کے نوجوان اس کی طرف جملے بھی اچھالتے ہوں گے اور چھیڑ چھاڑ کرنے کی کوشش بھی کرتے ہوں گے۔ ’’نہیں وہ بہت گھمنڈی تھی۔ اسے اپنے حسن و جوانی پر بڑا ناز تھا۔ گاؤں کی معمولی شکل وصورت کی لڑکی کو تو وہ لفٹ دینا بھی گوارا نہیں کرتی تھی۔ اس کی سہیلیاں بھی بہت خوبصورت تھیں مگر حسن میں اسکا مقابلہ کوئی نہیں کر سکتا تھا۔ یہی وجہ ہے کہ کبھی کبھی وہ اپنی کسی سہیلی کو ڈانٹ بھی دیا کرتی تھی مگر وہ برا منانے کی بجائے ہنس دیا کرتی تھی۔ دوسری بات یہ ہے کہ ہمارے گاؤں کا نمبردار بہت شریف آدمی تھا۔ وہ نوجوانوں کی اس قسم کی حرکات پر انہیں سخت سزائیں دیتا تھا۔ اب اس کا بیٹا اس کی جگہ پر نمبردار ہے وہ بھی اپنے باپ کے نقش قدم پر چل رہا ہے‘‘۔ ’’اس کی شادی کہاں ہوئی تھی؟‘‘۔ ساتھ والے گاؤں میں اس کی شادی ہوئی تھی مگر اس کی اپنے خاوند اور سسرال والوں سے نہ بن سکی۔ وہ حسن وجوانی کے نشے میں اس قدر چُور تھی کہ کسی کو خاطر میں نہیں لاتی تھی۔ وہ اپنے خاوند اور ساس سے بدتمیزی سے پیش آتی تھی۔ ایک تو حسن وجوانی کا خمار دوسرے اس کا تعلق خوشحال گھرانے سے تھا۔ چنانچہ چند ماہ کے بعد لڑ جھگڑ کر اپنے گھر آ گئی۔ اس کے سسرال والے اسے منا کر اپنے ساتھ لے جانے کے لیے آئے۔ اس کے والدین نے بھی اسے بڑا سمجھایا اور جانے پر زور دیا مگر اس نے کسی کی بھی نہ مانی اور ان کے ساتھ جانے کے لیے رضامند نہ ہوئی۔ وہ بھی کھاتے پیتے لوگ تھے اسے طلاق دے کر لڑکے کی شادی کہیں اور کر دی گئی۔ جوانی اور حسن کے نشے نے اسے سوچنے سمجھنے کی صلاحیت سے محروم کر دیا تھا۔ جب جسم وجان پر وقت کا غبار جمنے لگا تو اسے اپنی غلطی کا احساس ہوا مگر تیر کمان سے نکل چکا تھا۔ اب افسوس کرنے کے سوا کیا ہو سکتا تھا۔

میں سوچ میں پڑ گیا۔ وقت کا چیتا انسان کو کتنا تبدیل کر دیتا ہے۔

وقت کی دھول جب جسم وجان پر جم جاتی ہے تو شکل وشباہت اتنی بدل جاتی ہے کہ ماضی کے نقوش تلاش کرنا مشکل ہو جاتے ہیں۔ وہ چہرہ جو نوجوانوں کا مرکزِ نگاہ تھا اسے ایک نظر دیکھنے کے لیے پہروں انتظار کیا کرتے تھے اب کوئی اس کی طرف نظر اٹھا کر دیکھنے کی زحمت بھی گوارا نہیں کرتا۔

میزبان سے واپسی کی اجازت طلب کرتے، ڈرائنگ روم میں سجے قدِ آدم سنگھار میز کے آئینے میں اپنے عکس پر نظر پڑی تو وہ مجھے بہت اجنبی اور انجانا لگا۔ کوشش کے باوجود، اپنے سراپے کو نظر بھر کر دیکھنے کے بجائے تیز تیز قدم اُٹھاتا ہوا باہر نکل آیا۔

“We have No choice”

گلزار جاوید

(راولپنڈی)

”اس کا مطلب ہے کہ تم نے آخری فیصلہ کر ہی لیا!“ ”اوں، آں، ہاں“ شانوں تک بکھری گھنی سیاہ زلفوں غزال آنکھوں سے لمحہ بھر کو بے مروتی برتتے ہوئے ہمارے منہ سے نامؤس اور غیر یقینی آوازیں سن کر کمان دار ابرو مزید تن گئے۔ ”یہ اوں، آں کیا کر رہے ہو، صاف صاف بتلاؤ ارادہ تو نہیں بدل گیا!“ لہجے کی کاٹ اور پہلو بدلنے سے ناگواری کا بہ خوبی اندازہ لگاتے ہوئے ”سوال ہی پیدا نہیں ہوتا“ اب کی بار اُس نے شوخ نظروں سے ہمارے سراپے کا جائزہ لیتے ہوئے قدرے اٹھلا کر کہا ”سوچ لو!“ ہم نے بھی دوٹوک انداز میں جواب دیا ”سوچنے سمجھنے کے بعد ہی ہم نے فیصلہ کیا ہے۔ اب اگر مگر کے چکّر میں الجھا کر ہمیں مزید کمزور یا بودہ کرنے کی ضرورت نہیں البتہ! یہ بتلانا ضروری ہے کہ زادِ راہ کے طور پر کیا کچھ ساتھ ہونا چاہیے!“

”زادِ راہ“ یہ لفظ ادا کرتے ہوئے اُس کی زبان کافی دیر تالو کو چھوتی رہی۔ شاید لفظ زادِ راہ اُس کے لیے نامانوس یا ہمارے دریافت کرنے کا انداز ناپسندیدہ تھا۔ ”تمہارے خیال میں کیا کچھ ہونا چاہیے؟“ کچھ دیر گومگو کی کیفیت میں سر کھجانے کے بعد ”یہ تو سفر کی نوعیت اور دورانیے سے آگاہی کے بعد ہی بتلایا جا سکتا ہے“ ”میں اگر کہوں کہ یہ سفر صدیوں پر محیط ہو سکتا ہے تو!“ یہ لفظ کچھ اس انداز میں ہاتھ پیر کی حرکت اور آنکھوں کی جنبش کے ساتھ ادا کیا گیا کہ جسم میں پھریری سی آ گئی۔ ”صدیوں!“ صورت حال کو بھانپتے ہوئے ”تم چاہو تو پلک جھپکنے میں واپسی کی راہ لی جا سکتی ہے“ ہم نے بھی زبان سے کچھ کہنے کے بجائے شانے اچکا کر بے بسی کا اظہار کیا تو اس نے جلترنگی قہقہہ لگاتے ہوئے ”اچھا چھوڑو! اپنا ہاتھ میرے ہاتھ میں دو اور سب باتوں سے بے فکر ہو جاؤ“ بظاہر موصوفہ نے سب باتوں سے بے فکر ہونے کا جملہ بڑی سادگی سے ادا کیا مگر محترمہ کے مبہم اندازِ گفتگو کے حوالے سے بے فکری ہمارے بس میں نہ تھی۔ صورت حال کی نزاکت کو کسی قدر انجوائے کرتے ہوئے اُس نے ہمارے ہاتھ پر دباؤ بڑھاتے ہوئے خاموشی کا سبب دریافت کیا تو ہم بمشکل پروین شاکر کا شعر گنگنا سکے۔

اُس نے تپتی ہوئی پیشانی پہ جب ہاتھ رکھا
روح تک پھیل گئی تاثیر مسیحائی کی

پہلا پڑاؤ

سفر کے دورانیے اور منزل کی بابت وثوق سے کچھ کہنا ہمارے لیے مشکل تھا گرد و پیش بھی کچھ مانوس کچھ نامانوس لگتا تھا۔ یہ جگہ کسی زمانے میں جنت کا نمونہ رہی ہو گی۔ یہاں کے درخت پھول پودے حتیٰ کہ گھاس بھی خاص طرح کی تاثیر کی حامل لگ رہی تھی ہماری خواہش تھی کہ دم بھر کو یہاں ٹھہر کر اس روح پرور منظر کو دل و دماغ میں محفوظ کر لیں۔ اچانک ہمارے کانوں میں مختلف زاویوں سے وہی آواز گونجنے لگی جس کی تکرار سے گھبرا کر ہم نے فرار کا منصوبہ بنایا تھا۔ ہماری اُڑی اُڑی رنگت دیکھ کر ساتھی نے کہا ”گھبرانے کی ضرورت نہیں بہت جلد ہم اس آواز کی پہنچ سے دور ہو جائیں گے“

یہ ایک دیہی علاقہ تھا جہاں تھوڑے فاصلے سے کچے پکے، شکستہ اور آفت زدہ مکانوں کے بیچ کچھ روح پرور بلند و بالا عمارات بھی نظر آ رہی تھیں۔ انہیں میں سے ایک عمارت کے در و دیوار سے آگ کے شعلے اور دھواں بڑی مقدار میں خارج ہو رہا تھا۔ چاروں طرف چیخ و پکار اور ماتم کی کیفیت طاری تھی۔ لوگ باگ گروہوں میں بٹ کر اپنی مدد آپ کے تحت امدادی کام سرانجام دے رہے تھے۔ کچھ لوگ گھڑوں، بالٹیوں اور مشکوں کی مدد سے آگ بجھانے میں مصروف تھے۔ کچھ چھوٹے چھوٹے، ننھے ننھے معصوم زخمی بچوں اور کچھ اُن کی لاشوں کو ہاتھوں، جھولیوں، چادروں اور چار پائیوں پر لا رہے تھے۔ ہر طرف بے بسی اور لاچارگی کا بے رحم رقص جاری تھا۔ سرکاری مشینری یا اہل کار کا، دُور دُور تک پتہ نہ تھا۔ لوگ باگ اپنی زبان میں آسمان کی طرف ہاتھ اٹھا کر، جھولیاں پھیلا کر نامانوس دشمن کو دل کھول کر بددعائیں دے رہے تھے۔ اُن کی گفتگو میں ایک لفظ ”ڈرون“ کثرت سے استعمال ہو رہا تھا وہی ہماری سمجھ میں آ سکا۔ مگر انسانیت کی اس ناواجب تذلیل کا جواز سمجھنے سے ہم قاصر تھے۔

دوسرا پڑاؤ

یہ دھواں دھواں چہرے، یہ سنسان گلیاں، یہ ویران بازار اور یہ شکستہ عمارتیں طوفان کے اس قدر عادی ہو گئے ہیں کہ اب یہاں خبر تب بنتی ہے جب گولی نہیں چلتی، دھماکے نہیں ہوتے یا لاشے نہیں گرتے۔ یہ بازار اس وقت جہاں قیامتِ صغریٰ کا منظر برپا ہے اگر اس تاریخی شہر کا دل گردانا جائے تو غلط نہ ہو گا۔ اس بازار کی رونق، قصّے، کہانیاں اور تہذیب تاریخ کے اوراق میں نمایاں مقام کے حامل ہیں۔ دُور دراز سے آنے والے مسافر، سوداگر اور سیاح تجارت سے زیادہ اس شہر کی محفلوں، چوپالوں، سرائے، قہوہ خانوں کے علاوہ شاعروں، مصوّروں، مغنّیوں اور ہنرمندوں کی شہرت سن کر طرح طرح کے ارمان سجائے یہاں کا رُخ کرتے اور جب ان محفلوں، مجلسوں اور چوپالوں سے سیر ہو جاتے تو تجارت کی جانب رُخ کرتے۔ اس شہر کے دریا دل لوگ آنے والے مہمانوں کا اس باب میں بھی فراخ دلی سے ہاتھ بٹاتے۔ اب مگر اس شہر کی قسمت میں روز لٹنا اور روز بسنا ٹھہر گیا ہے۔ آئے دن کی دہشت گردی کے باعث اوّل تو بازار کھلنا ہی بھیانک

خواب بن کر رہ گیا ہے۔ مگر جب گھروں میں چولہے ٹھنڈے پڑ جاتے ہیں اور معصوم بچے بھوک سے بلبلانے لگتے ہیں تو یہاں کے جی دار محنت کش جان ہتھیلی پر رکھ کر میدان میں نکل آتے ہیں۔ پھر سے کوئی گمراہ یا نافہم اپنی مہم پر نکل پڑتا ہے اور آج کی طرح اس بازار میں پھر سے انسانوں کے چیتھڑے اُڑنے لگتے ہیں، پھر سے معصوم بچے اور خواتین روئی کے گالے بنا دیئے جاتے ہیں۔ مارنے والے کو مرنے والوں کے مذہب، عقیدے اور شناخت سے قطع نظر سب سے اہم مشن کی تکمیل ہے، جس کے بعد ایک خیالی تصور اُس کی راہ دیکھ رہا ہے۔

تیسرا پڑاؤ

اس وقت جس شہر سے ہمارا گزر ہے یہ دنیا کے قدیم مذاہب، تاریخ اور تہذیب کا امین شہر ہے۔ یہاں کے دستکار ایک زمانے میں اس خطے کا قیمتی اثاثہ تصور کیے جاتے تھے۔ کیا معمار، کیا خطاط، کیا سنگ تراش، کیا ہنر مند، کیا دستکار سب کی چہار دانگ دھوم تھی۔ اس شہر کی وجہ شہرت اس کا قدیم قبرستان بھی ہے جہاں دنیا کے کونے کونے سے آئے مہم جو ابدی نیند سو رہے ہیں۔ اُن کی آخری آرام گاہوں کے سرہانے لگے قیمتی اور منقش کتبوں سے ماضی میں اُن کی حیثیت و مرتبے کا بخوبی اندازہ ہو جاتا ہے۔ اس شہر سے خطے کے لوگوں کی عقیدت کا سبب ایک اور بڑی قبر ہے، جس میں اپنے وقت کے نامور صوفی بزرگ آرام فرما ہیں۔ آپ کی وسیع المشربی اور روحانی فیضان کے قصوں سے کتب خانے بھر چکے ہیں۔ اس قبرستان کی ایک خصوصیت یہ بھی ہے کہ اس شہر کے لوگ اکثر روز مرّہ کی بھاگ دوڑ سے اکتا جاتے ہیں تو یہاں کا رُخ کرتے ہیں۔ اُن کا کہنا ہے کہ یہ قبرستان نہیں روئے زمین پر جنت کا نشان ہے۔ روحانی بزرگ کی مستقل آرام گاہ کے باعث یہاں کی ہر چیز زندگی سے سرشار ہے۔ کچھ کے خیال میں یہاں کے خاموش مکیں روز مرہ آنے والوں سے راز و نیاز بھی کرتے ہیں۔ کچھ کے خیال میں یہاں کے پھول، پودے اور درخت بھی حساس دلوں کے روح کی تازگی کا سامان کیا کرتے ہیں۔ آج مگر یہ مرجع خلائق لہولہو کر دیا گیا ہے۔

شہر کے معروف سیاستدان کو عرصے سے دھمکیاں مل رہی تھیں جنہیں آج عملی جامہ پہنا دیا گیا ہے۔ اس کے بعد بھی اُس کے دشمنوں کا غصہ ٹھنڈا نہ ہوا تو آخری رسومات ادا کرنے والوں کو خون میں نہلا کر سارے شہر کو دہشت میں مبتلا کر دیا گیا ہے۔ وہ جو کبھی حاجت روا بن کر صوفی بزرگ کی قدم بوسی کے لیے آتے تھے، وہ جن کے دلوں میں خاموش مکینوں سے گفتگو کی آرزو سر ابھارتی تھی، وہ جن کو یہاں کے پھول پودوں سے راز و نیاز کی خواہش ستاتی تھی، اُن سب بے گناہوں کو ہمیشہ ہمیشہ کے لیے خاموش کر دیا گیا ہے۔ اس وحشت و بربریت کے بعد خدا معلوم کوئی ذی روح اس طرف کا رُخ کرنے کی جرأت کر سکے گا کہ نہیں!

چوتھا پڑاؤ

یہ بستی خدا معلوم پہلے گاؤں تھی، قصبہ یا شہر، اب ملبے کے ڈھیر میں تبدیل ہو چکی ہے۔ چہار جانب انسانی جسموں کا ساکت و غیر ساکت انبار مالِ غنیمت کی طرح بکھرا ہوا ہے۔ لاتعداد زندگی کو خیر باد کہہ کر پیچھے رہ جانے والوں کو زندہ در گور کر گئے ہیں اور جو زندگی سے نبرد آزما ہیں وہ اپنوں کی چھاتی کا بوجھ بن کر رہ گئے ہیں۔ زندگی کے نشان ملیامیٹ ہو چکے ہیں۔ خوراک، پانی، ادویہ یا امداد کے دُور دُور تک آثار نہیں۔ قیامت کا بازار تمام تر حشر سامانیوں کے ساتھ کھلے بندوں سجا ہوا ہے۔ تھوڑے تھوڑے فاصلے پر زخموں سے چُور لوگ اپنے پیاروں کو پکار رہے ہیں، بین کر رہے ہیں۔ دوسری طرف سے کوئی جواب نہ پا کر حوصلہ ہار جاتے ہیں اور پروردگار کی جانب رُخ کر کے رحمت کی بھیک مانگنے لگتے ہیں۔ ان میں کچھ ایسے بھی ہیں جو اس سانحے کی شدت سے ذہنی توازن کھو بیٹھے ہیں اور اپنے پروردگار سے شکوہ کناں ہیں۔ ہمارا دل چاہتا ہے کہ اس کڑے وقت میں ٹھنڈی چھاؤں بن کر ان کے دکھ درد کا مداوا کریں کہ اچانک ایک سوٹڈ بوٹڈ زخموں سے چُور شخص دبیز شیشوں کی چکنا چور عینک کو درست کرتے ہوئے آہستہ آہستہ قدموں سے چل کر اُس شخص کے نزدیک ہو جاتا ہے۔

''میرے خاندان کے ایک دو نہیں کئی درجن لوگ پلک جھپکتے میں جانوں سے ہاتھ دھو بیٹھے مگر میں تمہاری طرح اپنے پروردگار سے شکوہ کا ایک لفظ تک زبان پر نہیں لایا۔ جانتے ہو کیوں؟ یہ تباہی اور بربادی خالق دو جہاں نہیں بلکہ خدساختہ ناخدا کا کھیل ہے'' شکستہ شخص حیرت سے نووارد کو دیکھتے ہوئے ''کھیل ہے؟'' ''ہاں کھیل ہے! اُس کے لیے ساری دنیا ایک کھلونا ہے اور جب تک وہ اس کھلونے کو تباہ نہیں کر دیتا چین سے نہیں بیٹھے گا''۔ شکستہ شخص حیرت و استعجاب سے منہ کھولتے ہوئے ''کسی انسان کے لیے یہ کس طرح ممکن ہے؟'' ''ممکن ہے تبھی (شخص مذکور کو قریب آنے کا اشارہ کرتے ہوئے) یہاں سے ہزاروں میل دور ہارپ ٹیکنالوجی سے ایک سو ستی مائیکرو انٹینا ز کے ذریعے تین گیگا بائٹ انرجی حاصل کی جاتی ہے اور اس انرجی کو INNOSPHERE کے نظام میں ڈال کر ہمارے ہاں زلزلے، سیلاب کئی طرح کی تباہی و بربادی پھیلائی جاتی ہے۔ یہ سلسلہ تیسری دنیا کے کئی ملکوں تک دراز ہے'' مذکورہ شخص کانپتے ہوئے دھیمی آواز میں دریافت کرتا ہے ''ان تمام باتوں کا مقصد؟'' ''ہماری طاقت اور معیشت کی تباہی!''

پانچواں پڑاؤ

یہ شہر کسی زمانے میں روشنیوں اور رنگوں کا شہر کہلاتا تھا۔ یہاں کی صنعت و حرفت ملک کی نصف آبادی کو وسائل مہیا کرتی تھی۔ یہ شہر وسیع القلبی اور وسیع المشربی کے حوالے سے اس خطے کا نمونہ گردانا جاتا تھا۔ اس شہر کو لوگ چھوٹے ملک کا لقب دے چکے تھے۔ اس شہر کے دروازے ہر موسم اور ماحول میں بلا رنگ و نسل سب کے لیے وا تھے۔ ملک کے دُور دراز اور پسماندہ علاقوں کے مکیں بھی اپنا گھر بار اور آل و عیال چھوڑ کر بلا خوف و خطر رزق کی تلاش میں یہاں چلے آتے۔ یہ ایک غریب پرور شہر تھا جہاں نہ کوئی بھوکا سوتا نہ کوئی بے

لباس نظر آتا تھا۔لوگوں کے چہروں کی رونق اس شہر کی خوشحالی کا پتہ دیتی تھی۔ نا معلوم اس شہر کو کسی کی نظر لگ گئی یا اس کے حکمرانوں کی نیت میں فتور آ گیا کہ نہایت بے آواز طریق پر ایک سے ایک نئے آسیب اس شہر کو اپنی لپیٹ میں لیتے گئے۔ پہلے لسانی عصبیت نے سر ابھارا، پھر علاقائی فتنے نے جنم لیا، پھر مذہبی تنازعات نے گرفت مضبوط کی اور اس شہر کے چراغوں کو بڑی تیزی سے گُل کر دیا ، یہ شہر اب شہر نہیں انسانوں کا ایک ایسا جنگل بن چکا ہے کہ جہاں کے گلی کوچوں سے دن رات نوجوان لاشے اُٹھ رہے ہیں،لوگوں کا اثاثہ لُٹ رہا ہے، صنعتیں بند ہو رہی ہیں، بے روزگاری بڑھ رہی ہے، لوگ ذہنی و جسمانی عوارض کا شکار ہو رہے ہیں مگر کوئی ان کی فریاد سننے پر آمادہ نہیں، کوئی اُن کی دادرسی کے لیے آگے نہیں آتا، کوئی ان کی مدد نہیں کرتا۔ چوری، ڈاکے اور بندوق کی نوک پر دن دہاڑے لٹنا، روزمرہ کا معمول بن چکا ہے۔ بچے کچھے صنعتی اور کاروباری اداروں سے بھتہ خوری سب سے منافع بخش کاروبار بن چکا ہے۔ جب سے حکومتی کارپردازوں نے سماج دشمن عناصر سے ناجائز کمائی میں حصہ داری کے لیے گٹھ جوڑ کی ہے تب سے عوام کی امیدوں کا جنازہ اٹھ گیا ہے۔اب ہر روز مختلف بازار، مارکیٹس اور انجمن کے لوگ رضا کارانہ بھتہ جمع کر کے از خود سماج دشمن عناصر کو پہنچا رہے ہیں اور آنے والے طوفان سے قطعی بے خبر زندگی کی گاڑی کو دھکا دیے جاتے ہیں۔

چھٹا پڑاؤ

اس شہر کی بنیاد قریب ڈیڑھ صدی قبل ایک انگریز کے ہاتھوں رکھی گئی تھی۔ عرصے تک اُسی انگریز کے نام سے یہ شہر موسوم رہا۔ازاں بعد ایک برادر ملک کے سربراہ کے نام سے منسوب کر دیا گیا۔ابتدا میں یہاں گھریلو صنعت کا فروغ ہوا۔یہاں کے محنت کشوں کی ہمت، لگن اور ہنرمندی نے آہستہ آہستہ اس شہر کو ایک بڑے صنعتی زون میں تبدیل کر دیا۔اس شہر کی تیز رفتار ترقی اور معیاری مصنوعات کے باعث ایک ترقی یافتہ ملک نے اپنے جدید صنعتی شہر کو اس شہر کے ہم پلہ قرار دیتے ہوئے انہیں جڑواں شہر کا اعزاز دیا۔اس شہر کی تیز رفتار ترقی نے گرد و پیش کے گاؤں، گوٹھ، دیہات اور قصبات تک روزگار کے دروازے کھول دیے۔ دیکھتے ہی دیکھتے لوگوں کے چہروں پر رونق اور گھر بار آباد نظر آنے لگے۔

گذرے چند برسوں میں اس شہر کی ترقی خواب و خیال بن کر رہ گئی ہے۔ یہ شہر آج کل ویران اور سنسان نظر آتا ہے۔ بجلی اور گیس کی طویل لوڈ شیڈنگ نے بے شمار صنعتوں کو ٹھپ کر دیا ہے اور بہت سے صنعتکار اپنے اداروں کو سمیٹ کر پڑوسی ملکوں میں منتقل ہو گئے ہیں۔ جو شہر کسی زمانے میں اپنی خوشحالی اور خوش خوراکی کے لیے مشہور تھا آج وہاں بھوک، ننگ، خودسوزی اور خودکشی عام ہے۔

شہر کے بیچوں بیچ چوک میں تنہا بیٹھی سوگوار عورت کا شوہر اپنے بچوں کی بھوک سے گھبرا کر خودکشی پر آمادہ ہوا۔ یہ بے بس و بے کس عورت آنے والے اندیشوں کا تنہا شکار نہیں اُس کے ساتھ بیٹھے تینوں بچوں کے سُتے ہوئے چہرے بھی اُن کی پریشانی کو عیاں کر رہے ہیں۔ ان پریشاں حالوں کا شمار بھی کبھی خوشحال ماں باپ کے بچوں میں ہوتا تھا۔ یہ بھی کبھی گلے میں بستہ ڈال کر مستقبل کے سہانے گیت گاتے اسکول کی جانب رواں دواں نظر آتے تھے۔ان کے گھر کا چولہا بھی طرح طرح کے کھانوں اور پکوانوں سے دہکتا، مہکتا تھا۔آج ان کی سگی ماں بیکاری ، بے روزگاری، بھوک اور بدحالی کے ہاتھوں اس قدر عاجز آ چکی ہے کہ اپنے جگر گوشوں کو بے مول فروخت کرنے پر آمادہ ہے۔ یہ اپنی کوکھ کے ان ننھے غنچوں کے عوض زر و جواہر یا مال و دولت کے انبار طلب نہیں کر رہی، نہ حیثیت و عزت کی خواہش مند ہے، یہ فقط دو وقت کی روٹی اور دو گز کپڑے کے وعدے پر اپنے معصوم جگر گوشوں کو کسی بھی اجنبی کے سپرد کرنے کے لیے تیار ہے۔اُس کے بعد اُس پر کیا بیتے گی یا ان بچوں کا مستقبل کیا ہوگا یہ نہ مجبور ماں کی ماری ماں جانتی ہے اور نہ یہ لاچار بچے!

ساتواں پڑاؤ

اس شہر کے لوگوں کی کثیر تعداد ایک شاہراہ سے دوسری شاہراہ کی جانب مڑتے ہوئے ایک خاص علاقے کی جانب بڑھ رہی ہے۔ ان کے ہاتھوں میں بڑے بڑے احتجاجی کتبے اور پلے کارڈ نمایاں طور پر نظر آ رہے ہیں۔ ان کتبوں اور پلے کارڈ پر جس شخص کی تصویر نمایاں ہے اس سے ملک کا بچہ بچہ واقف ہے۔ یہ ملک کے مختلف اخباروں اور چینلز پر تقریری مقابلوں، مباحثوں اور تقاریب کی صدارت کرتے نظر آتا ہے۔اس شخص کو بطور مصلح اور سماجی کارکن اندرون اور بیرون ملک نیک شہرت کا حامل سمجھا جاتا ہے۔ یہ شخص علم و حکمت کا ایک ذاتی ادارہ بھی چلاتا ہے جس کی آمدن سے ملک کے بہت سے شہروں میں مستحق اور نادار طلبہ کے لیے تعلیمی ادارے قائم کیے گئے ہیں۔تعلیم کے دوران مفت خوراک، رہائش، لباس اور کتب فراہم کرنا بھی اس ادارے کی ذمہ داری ہے۔ اس ادارے سے بے شمار بچے تعلیم حاصل کر کے مفید خدمات انجام دے رہے ہیں اور ادارے کی نیک نامی کا باعث بننے کے ساتھ اُس کے فروغ میں بھی ہاتھ بٹا رہے ہیں۔

گذشتہ کچھ عرصے سے سماج کے نام نہاد ٹھیکیداروں کی جانب سے اس شخص کو حیلے بہانوں سے تنگ کیا جاتا تھا یعنی اُس کی نیک کمائی سے بھاری رقم کا مطالبہ کیا جا رہا تھا جسے شخص مذکور مستحق بچوں کا حق گردان کر دینے سے منکر تھا۔ ایک طرف اُن کی انا، دوسری طرف ہوس اور تیسری جانب اُن کی دہشت کے لیے یہ شخص خطرے کی علامت بنتا جا رہا تھا۔ لہٰذا ایک دن اچانک وہ شخص گھر اور دفتر کے درمیان سے اغواء کر لیا گیا۔ بدلے میں تاوان کی اس قدر بڑی رقم طلب کی گئی کہ مقررہ وقت میں اُس شخص کے اہلِ خانہ، احباب اور ملک کے دردمند لوگ اُس کا بندوبست نہ کر سکے تو ایک دن اُس نیک انسان کو بے دردی سے قتل کر کے بوری میں بند اُس کی لاش گھر پہنچا دی گئی۔ یہ شہر جو عرصے سے خوف

وہ دہشت کے سائے میں پل رہا تھا اس قدر بڑے ظلم پر خاموش نہ رہ سکا۔ سوچنے والی بات یہ ہے کہ اس شہر کے لوگوں کا غم وغصہ اور احتجاج کب تلک موت کے سوداگروں کو للکار سکے گا!

آٹھواں پڑاؤ

اس پڑاؤ پر بڑی خاموشی، سراسیمگی اور پُراسراریت پائی جاتی ہے۔ ہم اس خاموشی، سراسیمگی اور پراسراریت کا راز جاننے کے لیے سوالیہ انداز میں ہمراہی کی جانب دیکھتے ہیں تو وہ اُنگلی کے اشارے سے ہمیں خاموش رہنے کا حکم دیتی ہے۔ کچھ دیر بعد چند بندوق بردار کرخت چہروں پر خشخشی داڑھی اور سر پر بھاری پگڑی سجائے تین نوخیز لڑکیوں اور ایک ادھیڑ عمر عورت کو رگید کر لاتے ہیں جن کے ہاتھوں میں رسّیاں اور آنکھوں پر پٹی بندھی ہے۔ حوا کی چاروں بیٹیاں تمام تر عاجزی، انکساری اور رقت کو بروئے کار لاتے ہوئے قوی الجثہ بزرگ کے قدموں میں گر کر جاں بخشی کی بھیک مانگ رہی ہیں۔ شخص مذکور باریش اور بزرگ ہونے کے باوجود اُن کی مِنت سماجت کو حقارت سے ٹھکراتے ہوئے ٹھوکر مار کر کہتا ہے "لے جاؤ ان بدبختوں کو میرے سامنے سے، یہ عورتیں نہیں بے حیائی کی چلتی پھرتی مشینیں ہیں، پہلے اُنہوں نے ہمارے قبیلے کے رواج کو توڑ کر چھپکے چھپکے تعلیم حاصل کی اور اب پسند کی شادی کے خواب دیکھنے لگیں، اس بدکاری میں کوئی اور نہیں" بزرگ خاتون کو ٹھوکر مارتے ہوئے "یہ، ان کی سگی ماں، جسے بھرجائی کہتے ہماری زبان نہ تھکتی تھی، یہ بھی ان کے جرم میں برابر کی شریک ہے حالانکہ پچھلے برس اسی جرم کی پاداش میں اس کی دو بھتیجیاں کاری قرار دے کر قتل کر دی گئی تھیں" آواز کی شناخت کے بعد بزرگ خاتون سردار کے قدموں میں سر رکھ کر گڑگڑاتی ہے "بھائی صاحب آپ کو اللہ کا واسطہ، آپ کو پیارے رسول کا واسطہ، آپ کو پنجتن پاک کا واسطہ، جس طرح چاہو آپ میری جان لے لو، ان بچیوں کو بخش دو، یہ معصوم ہیں، بے قصور ہیں، بے آسرا ہیں" سردار پر بزرگ خاتون کی آہ وزاری کا کچھ اثر نہیں ہوتا۔ وہ ہاتھ کے اشارے سے خواتین کو خود سے دُور لے جانے کا اشارہ کرتا ہے۔

چند ساعتوں کے بعد ٹھک پک کی گونج میں بارود کی بُو نتھنوں کو آلودہ کرنے لگتی ہے، فضا میں کئی گھٹی گھٹی چیخیں ایک ساتھ سنائی دیتی ہیں۔ چاروں تڑپتے زندہ لاشے گہرے گڑھے میں دھکیل کر منوں مٹی ڈال دی جاتی ہے اور روایتی شیطانی رقص شروع ہو جاتا ہے جس کے بعد بزرگ کی معیت میں تمام لوگ چہروں پر فاتحانہ مسکراہٹ سجائے اندھیرے میں ایسے گم ہو جاتے ہیں جیسے کنوئیں میں مینڈک یا بل میں سانپ۔

نواں پڑاؤ

کسی زمانے میں یہ آبادی امن وآشتی کا گہوارا ہوا کرتی تھی۔ کم وبیش ایک صدی قبل خدا معلوم کیوں اس آبادی پر ایک بڑا عذاب نازل ہوا جس کی زد میں آ کر اس شہر کی آبادی کا بڑا حصہ نیست ونابود ہو گیا۔ یہ تمام ترقی اور چہل پہل اُس تباہی کے بعد ہونے والی ترقی کا نتیجہ ہے۔ محسوس یہ ہوتا ہے کہ اس شہر بلکہ خطے کے لوگوں نے اُس تباہی سے سبق سیکھنے کے بجائے پھر سے بڑی تباہی کو آواز دینے کی ٹھان لی ہے۔ یہ لوگ اپنے گھر اور گھر والوں سے ناراض ہو کر علیحدہ شناخت کے خواہش مند ہیں۔ جس قدر گلے، شکوے، شکایت اُنہیں اپنوں سے ہیں اُسی قدر بدگمانی اور بے اطمینانی کا دفتر اُدھر بھی کھلا ہوا ہے۔ ملک اور بیرونِ ملک بے شمار فورم کی موجودگی میں یہاں کے سادہ اور کم علم لوگوں نے ہتھیار کے زور پر بات منوانے کا عزم کر رکھا ہے۔ یہ ضدی اور غصیلے لوگ اپنی دھن کے اس قدر پکے ہیں کہ صدیوں سے آباد اپنے شریکوں کا خون بہا کر اپنی جیت میں مصروف ہیں۔ یہ وہ شریک ہیں جو اس خطے میں آئے تو رزق کی تلاش میں تھے مگر اُن کے بزرگوں نے اس علاقے کی ترقی اور تہذیب میں بے لوث خدمات سرانجام دے کر اس زمین سے وفا کا رشتہ استوار کیا۔ آج اُنہی کی نسل اپنے گھر بار روزگار اور بزرگوں کی قبروں سے بے وفائی کی مرتکب ہو کر جان کی امان کے لیے مارے مارے پھر رہی ہے۔ موت ان کے تعاقب میں ہر جگہ ان کا پیچھا کر رہی ہے۔

کچھ دنوں سے یہاں پر مذہبی جنونیت بھی نمایاں ہونے لگی ہے خاص کر کمزور طبقے دہشت گردوں کو مسیحا جان کر اُن کی جانب مائل ہو رہے ہیں۔ دونوں طرف کے سادہ دل لوگ اس بات سے قطعی بے خبر ہیں کہ اس خطے میں اگر امن اور بھائی چارے کی فضا قائم ہو جائے تو اس سرزمین کے دفینے نہ صرف اسے خطے بلکہ پورے ملک کی معاشی صورت حال میں انقلاب برپا کر سکتے ہیں۔

دسواں پڑاؤ

اگلا پڑاؤ ایک بارونق شہر کی پوش آبادی میں تھا۔ ایک عالی شان گھر کے سامنے رنگ برنگے شامیانے لگے ہوئے تھے اُن شامیانوں میں قطار در قطار لگی کرسیوں پر قیمتی لباس میں ملبوس رعونت زدہ چہرے ایک دوسرے سے گفتگو میں مصروف تھے۔ گھر کے سامنے اور گھر سے ملحقہ خالی زمین پر قیمتی گاڑیاں شوفروں سمیت اُن کے انتظار میں کھڑی تھیں۔ اس بڑے اور قیمتی گھر کا مالک ایک صنعت کار تھا جو دل کی حرکت بند ہونے کے باعث اس دنیا میں نہ رہا تھا۔ آخری رسوم میں شریک لوگ مرحوم کی فراخ دلی اور اعلیٰ اخلاق کی دل کھول کر تعریف کر رہے تھے۔ ہم بھی اس نیک اور شریف آدمی کے سفرِ آخرت میں شریک ہونے کے خواہش مند تھے مگر ساتھی کا اشارہ حکم کا درجہ رکھتا تھا لہٰذا واپسی میں عافیت جانی۔

"بڑے افسردہ نظر آ رہے ہو؟" ہمراہی کے سوال پر ہمارا دل بھر آیا "ایک نیک اور شریف آدمی اچانک فوت ہو جاتا ہے اور ہم اُس کے جسدِ خاکی کو کاندھا بھی نہیں دے سکتے" "پہلی بات تو یہ کہ وہ نیک اور شریف ہرگز نہیں تھا!" قبل اس کے کہ ہم کوئی سوال کریں اُس نے اپنا بیان جاری رکھا "وہ ایک ذخیرہ

اندوز، ملاوٹی اور منافع خور تھا، دوسری بات یہ کہ اُس کی موت دل کے دورے سے نہیں، شراب پینے سے واقع ہوئی ہے'' اس بار ہم اپنی حیرت پر قابو نہ رکھ سکے ''شراب؟'' جواب میں اُس نے بھی وقفہ دینا مناسب سمجھا ''شراب نہیں بلکہ زہریلی شراب یہ لوگ جب حرام کماتے ہیں تو اُسے لٹاتے بھی حرام میں ہیں، غلط پیسہ آتے ہی اِن کے اندر شراب و شباب کی بھوک اُمڈ آتی ہے، شہر کے اکثر پوش علاقوں میں ان جیسوں کی بھوک مٹانے کے لیے بڑی بڑی عالی شان دکانیں کھلی ہوئی ہیں جہاں پرانے زمانے کے نوابوں اور راجوں کی طرز پر قیمتی گھروں اور موٹی رقموں کے عوض ان کی ہوس پوری کرنے کا تمام سامان دستیاب ہوتا ہے۔ وقت گزرنے کے ساتھ طوائف کا منہ کھلتا جاتا ہے اور سیٹھ کا ہاتھ تنگ ہوتا جاتا ہے، سیٹھ طوائف کو بوجھ لگنے لگتا ہے جسے وہ شراب میں زہر ملا کر اتار دیتی ہے''

گیارھواں پڑاؤ

یہ شاید دنیا کے آٹھویں بڑے عجوبے کی سب سے خوش فکر مخلوق ہے جو ہر طرح کے دکھ، درد، خوف، اندیشہ، ملال یا وسوسوں سے قطعی بے نیاز معلوم ہوتی ہے۔ ان کے چہروں پر خاص طرح کی تمکنت، غرور اور احساس تفاخر نمایاں نظر آتا ہے۔ بھرے بھرے بے ڈول اجسام قیمتی لباس میں ملبوس ایک شانِ بے نیازی کے ساتھ جب بیش قیمت گاڑیوں کا رُخ کرتے ہیں تو ہٹو بچو کی آواز میں اہلکاروں کی ایسی دوڑیں لگتی ہیں کہ غدر کا منظر یاد آجاتا ہے۔ ایک طرح سے یہ علاقہ ممنوعہ ہے یہاں عام آدمی کا گذر بھول کر بھی نہیں ہوسکتا۔ ان خوش فکروں کی رہائش اور دفتر کے بیچ صرف ایک سڑک حائل ہے جس کو پار کرنے کے لیے حفاظت کے نام پر جس طرح کا ڈھونگ اور سوانگ رچایا گیا ہے اُسے دیکھ کر اوسط عقل کے مالک انسان کے لیے بھی ہنسی ضبط کرنا مشکل ہوجاتا ہے۔

یہ لوگ باری باری دفتر سے ملحقہ جس بڑے گھر کے ہال نما کمرے کی جانب روانہ ہیں اس کی صدر کرسی پر بیٹھا ہال کا بڑا، گلہ پھاڑ پھاڑ کر ان کو وقت کی اہمیت کا احساس دلا رہا ہے۔ وہ کبھی غریب کے منہ سے چھنتی روٹی کا رونا روتا ہے کبھی مہنگائی کی جانب توجہ دلاتا ہے، کبھی امن وامان کی زبوں حالی پر پریشان ہوتا ہے، کبھی بڑے اداروں کی تباہی کی نشاندہی کرتا ہے، کبھی ڈگمگاتی معیشت کو سہارا دینے کی جانب توجہ دلاتا ہے، کبھی ملک کی سلامتی کی بابت خدشات کا اظہار کرتا ہے اور کبھی رشوت، چوری، ڈاکہ اور تعلیمی گھپلوں کی جانب اشارہ کرکے سزا کا خوف دلاتا ہے۔ خدا معلوم یہ لوگ کس مٹی کے بنے ہیں۔ کسی بات کا ان پر قطعاً اثر نہیں ہوتا۔ دن کی روشنی میں جو لوگ عوام کے نام پر ایک دوسرے کے خون کے پیاسے نظر آتے ہیں یہاں وہ اس طرح شیر و شکر ہو رہے ہیں جیسے کبھی ان کے درمیان ناچاقی کا کوئی واقعہ سرے سے گذرا ہی نہ ہو۔

ہال کی کارروائی سے لاتعلق یہ لوگ دو دو، چار چار کی ٹولیوں میں بٹ کر بے تکلفانہ انداز میں اس طرح خوش گپیوں میں مصروف ہیں کہ ان پر لنگوٹیوں کا گمان ہوتا ہے۔ بظاہر رہبر و رہنما، دانشور و مفکر کا مکھوٹا چڑھانے والے بھانڈوں کی مانند ہاتھ پیر نچا کر ایک دوسرے پر ایسی ایسی پھبتیاں کس رہے ہیں جنہیں سُن کر انسان شرم سے پانی ہوجائے۔ ان کی گفتگو کا محور طرح طرح کے کھانے، مشروب اور معروف پردہ نشینوں کے علاوہ مال، دولت، زمین، جائیداد، پلاٹ، پرمٹ، کرنسی، اکاؤنٹ اور شطرنج کی بچھی وہ بساط ہے جسے جیتنے کے لیے ہر کوئی بے چین و بے قرار ہے۔ ہر کسی کی جیب، دماغ یا ہاتھ میں ایک سے بڑھ کر ایک نسخہ کیمیا ہے اور ہر کوئی کسی بھی قیمت پر یہ بساط جیتنا چاہتا ہے۔ یہ کوئی نہیں جانتا کہ بچگانہ طریق پر جیتنے کی خواہش میں اکثر بساط الٹ بھی جاتی ہے۔

بارھواں پڑاؤ

یہ شاید کسی ہوٹل، ریسٹ ہاؤس یا ہاسٹل کا کانفرنس روم ہے۔ یہ کمرہ جس قدر کشادہ اور اس میں لگی کرسیوں کی تعداد کے مطابق حاضری بہت کم ہے۔ سامنے کی رو میں بیٹھے لوگوں کے چہروں کی متانت، سنجیدگی، لباس اور آنکھوں پر لگے چشموں کے دبیز شیشے اُن کی حیثیت و مرتبے کو نمایاں کر رہے ہیں۔ پچھلی رو میں یہ تنظیم نظر نہیں آتی۔ اس میں ملے جلے لباس اور اشکال کے لوگ ایک ایک، دو دو کرسیاں چھوڑ کر دو دو، چار چار کی ٹولیوں میں بیٹھے بحث و تمحیص میں مصروف ہیں۔ کچھ دیر بعد چند لوگوں کی ہمراہی میں ایک معتبر شخصیت کے مالک بزرگ تشریف لاتے ہیں اور فوری طور پر انہیں مائیک سونپ دیا جاتا ہے۔

''عمرِ عزیز کا غالب حصہ قرطاس و قلم کی صحبت میں گذارنے کے باوجود آج بھی میں خود کو طالب علم تصوّر کرتا ہوں۔ آپ کی محبت کہ آپ ناچیز کو اس قدر عزت اور مان دیتے ہیں میری باتوں کو علم گردانتے ہیں۔ میں عرض کروں کہ یہ وہی علم ہے جسے علمِ نافع کہا جاتا ہے اور جسے ہمارے آخری نبیؐ نے حاصل کرنے کی تاکید کے ساتھ دُور دراز کا سفر کرنے کا حکم بھی صادر فرمایا تھا اور اسی علم کو بروئے کار لاتے ہوئے سب سے زیادہ تاکید غور و فکر کی فرمائی تھی، کیا آپ جانتے ہیں! خالق دو جہاں نے ہمارے دماغ میں کروڑوں کے حساب سے بلب نصب کر رکھے ہیں جو ہر نیا لفظ پڑھنے کے ساتھ بھاری تعداد میں روشن ہوکر دماغ کو تیز اور تازہ دم کر دیتے ہیں۔ جوں جوں ہم پڑھتے جاتے ہیں ڈوں ڈوں ہمارے دماغ میں نصب بلب روشن ہوتے جاتے ہیں اور اس روشنی کے بطن سے ابن الہیثم، ابن سینا، سقراط، بقراط، حافظ، سعدی، ہومر، کافکا، شیلے، شیکسپیئر، خلیل جبران، غالب، اقبال، ٹیگور اور نذر السلام پیدا ہونے لگتے ہیں جن کی شاخوں سے ثمر پھوٹتا ہے، شجر اُگتے ہیں، بہار آتی ہے اور کائنات مہکنے لگتی ہے۔ علامہ اقبال کس خوبصورتی سے علم کی جانب ہماری توجہ دلا رہے ہیں۔

سبق پھر پڑھ صداقت کا، عدالت کا، شجاعت کا
لیا جائے گا کام تجھ سے دُنیا کی امامت کا

''امامت کے خواب دیکھنے والوں سے یہ تو دریافت کیا جائے کہ اِن کے اپنے علم کی بنیاد کیا ہے، خوشامد، سفارش یا۔۔۔ (ایک آواز) صاحب صدر کی بابت تو

نہیں البتہ آپ کے علم کی بنیاد کیا ہے یہ میں خوب جانتا ہوں۔۔۔(دوسری آواز) ذرا اُن صاحب کا نام تو بتلا دیجیے جن کی ڈگری کا چربہ مار کر آپ بقراط بنے بیٹھے ہیں۔۔۔(تیسری آواز) ان کی ڈگری کی بابت رائے زنی کرنے سے پہلے آپ نے کبھی اپنے گریبان میں جھانکا ہے، کہ آپ اب تک کس کس کا سرقہ کر چکے ہیں۔۔۔(چوتھی آواز) یہ تو شکل سے ہی چغد لگتا ہے۔۔۔(پانچویں آواز) گھر سے آئینہ دیکھ کر چلتے تو شکل کی بجائے عقل کی بات کر لیتے۔۔۔(چھٹی آواز) میں تمہارے منہ نہیں لگنا چاہتا۔۔۔ میں کب تمہیں گھاس ڈالتا ہوں۔۔۔میاں گھاس تو گھوڑوں کے لیے ہوتی ہے۔۔۔!

آخری پڑاؤ

جس طرح ایک مخصوص آواز کی ضرب سہہ سہہ کر ہماری روح لہولہان ہو چکی تھی اُسی طرح اس طویل اور بے مقصد سفر نے ہمیں تھکا بلکہ ریزہ ریزہ کر دیا ہے۔ یہ سفر، سفر نہیں، ایک ایسی رودادِ الم ہے جہاں قدم قدم پر انسانیت چیخ اور بلک رہی ہے مگر اس کا کوئی پُرسانِ حال نہیں۔ جس قدر بے بس، لاچار اور بے توقیر ہم خود کو اس سفر کے بعد محسوس کر رہے ہیں اس سے پہلے کبھی ہمیں اس طرح کے احساسات کا سامنا نہ تھا۔ اب ہمیں خود پر گذرے سارے درد والم بے ضرر اور معصوم لگنے لگے ہیں۔

وہ گھر جس سے بھاگ کر ہم پناہ کی تلاش میں نکلے تھے اب شدت سے یاد آ رہا ہے۔۔۔وہ گھر جو کبھی ہمارے لیے امن کا سائبان تھا۔۔۔وہ گھر جس نے کھلی بانہوں سے ہمیں خوش آمدید کہا تھا۔۔۔وہ گھر جس نے خوش دلی سے ہمیں آسرا دیا تھا۔۔۔وہ گھر جس نے ہمارا رزق کشادہ کیا تھا۔۔۔وہ گھر جس نے ہمیں مان، مریادہ، عزت اور شناخت دی تھی۔۔۔ وہ گھر آج گرم ہواؤں کی زد میں ہے تو ہمیں۔۔۔آزردہ ہونے۔۔۔شکوہ کناں یا فرار ہونے کے بجائے اُس گھر کو شاد و آباد کرنے کی تدبیر کرنی چاہیے۔۔۔جس طرح اس وقت ہمیں اُس گھر کی ضرورت شدت سے محسوس ہو رہی ہے۔ یقیناً وہ گھر بھی ہمیں ٹوٹ کر یاد کرتا ہوگا۔۔۔ ہماری یاد میں اُس کے در و بام۔۔۔یقیناً۔۔۔سوگوار ہوں گے۔۔۔ہمیں جلد۔۔۔جس قدر جلد ممکن ہو۔۔۔گھر پہنچنا چاہیے۔۔۔ گھر۔۔۔قبل اس کے۔۔۔کوئی طوفانِ بلا ہمارے گھر کو کسی طرح کا گزند پہنچائے۔۔۔ہمیں گھر پہنچنا چاہیے۔۔۔جسم کی ساری توانائی کام میں لا کر۔۔۔ گھر۔۔۔ اپنے گھر پہنچنا۔۔۔ اس وقت ہماری سب سے بڑی خواہش ہے۔۔۔اس خواہش کی تکمیل کے لیے ہم کسی بھی طرح کی قربانی دینے کے لیے تیار ہیں۔۔۔کسی بھی طرح کی۔۔۔ چاہے وہ آوازوں کی صورت ہو۔۔۔ یا۔۔۔یا۔۔۔آں۔۔۔ایں۔۔۔یہ۔۔۔یہ کیسے ہو سکتا ہے۔۔۔پھر۔۔۔پھر وہی آواز۔۔۔یہ۔۔۔ یہ آواز۔۔۔یہ آواز تو۔۔۔وہی نام بار بار دہرا رہی ہے۔۔۔ وہی ۔۔۔ ہاں ہاں۔۔۔ بالکل وہی۔۔۔ ہو بہو۔۔۔ وہی ۔۔۔ جو۔۔۔ جو۔۔۔ ہمارے۔۔۔را۔۔۔راشن کارڈ۔۔۔شا۔۔۔شناختی کارڈ۔۔۔ اور ۔۔۔ اور۔۔۔ گھر کے صدر دروازے پر کندہ ہے۔۔۔ یہ۔۔۔ یہ۔۔۔ ہا۔۔۔ ہا۔۔۔ ہمارے۔۔۔گھر پر لوگوں کا ہجوم کیوں ہے۔۔۔ ان۔۔۔ ان کے چہرے۔۔۔ سو۔۔۔سوگوار کیوں ہیں۔۔۔ یہ۔۔۔یہ سب۔۔۔ ماتم کناں کیوں ہیں۔۔۔

ہمراہی۔۔۔ ساتھی۔۔۔ مہربان۔۔۔ دوست۔۔۔ تم۔۔۔ تم۔۔۔کہاں ہو۔۔۔کہاں ہو تم۔۔۔ اندھیرا۔۔۔ اندھیرا۔۔۔ گھور اندھیرا۔۔۔گھور۔۔۔ان۔۔۔دھے۔۔۔را۔۔۔!!!

☆

(دوسری جنگ عظیم کے دوران برطانیہ میں ہلاک ہونے والے پرندوں کی یادگار پر کندہ ”They Have No Choice“ سے متاثر ہو کر)

کماش

آغا گل (کوئٹہ)

ان آگ اگلتے پہاڑوں میں ہر شے ساکت و جامد تھی، ٹھہرے ٹھہرے ساکت پہاڑ، ندیاں بنا پانی کے سوئی سوئی رہتیں۔ دن میں دو بار ہواؤں کے رخ بدلتے تو ریت چلنے لگتی۔ دینار کو دلچسپی تھی تو ان کوچوں سے جو کراچی سے کوئٹہ اور کوئٹہ سے کراچی دوڑے چلے جاتے۔ زناٹے سے گزرتے تو پتھر اور کنکریاں اڑنے لگتیں۔ ان کے عقب میں گرد کا بادل دم دار ستارے کی مانند تیرتا چلا جاتا۔

ریٹائرمنٹ کے بعد اس نے وڈھ سے کچھ دور مین روڈ پر ہی ایک کھوکھا خرید لیا تھا۔ کھوکھے کے مالک کی لاش ویرانوں سے ملی تھی۔ اس کے اہل خانہ کے پاس اس کے علاوہ کوئی اور چارہ نہ تھا کہ وہ کھوکھا فروخت کر کے چلتے بنیں کیونکہ پکڑ دھکڑ کا سلسلہ جاری تھا۔ خدا کا بھی حکم ہے کہ آفت زدہ علاقے سے ہجرت ہی کر لی جائے تو بہتر ہے۔ دینار کو کچھ تو ماہ بہ ماہ پنشن کی رقم مل جایا کرتی۔ وڈھ کے ڈاک خانے سے وہ پنشن لے آیا کرتا۔ کچھ تازہ بہ تازہ دل دہلانے والی خبریں بھی لاتا۔ اس کا کھوکھا چونکہ تاج محل ہوٹل سے قریب ہی تھا۔ جہاں متعدد کوچ وہاں رکا کرتے۔ وہاں کوچ ڈرائیوروں کو نہ صرف کھانا مفت تھا بلکہ انہیں قوت بخش سگریٹ بھی مفت میں ہی ملا کرتے۔ ان سگریٹوں کی ڈبیاں الگ سے پڑی ہوتیں۔ ایسی مہمان نوازی کے سبب تاج محل ہوٹل خاصا کامیاب تھا۔ مسافر اس کے کھوکھے سے سگریٹ وغیرہ خریدنے کو لپکتے اور جلدی جلدی سینے میں دھواں انڈیلنے لگتے۔ اسے روپیہ کمانے کا زیادہ شوق نہ تھا سر شام دکان بڑھا کے وہ کچھ آگے جا نکلتا وہاں ایک چٹان پہ جا بیٹھتا اور طوفانی رفتار سے پکی سڑک پہ دوڑتے کوچ دیکھ دیکھ کر محظوظ ہوا کرتا دور ایک روشنی چمکتی پھر وہ روشنی دو بتیوں میں تبدیل ہو جاتی اور زناٹے دار آواز آتی۔ پریشر ہارن وادی میں گونج جاتے۔ پتھر اڑنے لگتے اور گرجتے ہوئے کوچ اندھیرے میں مدغم ہو جاتے ان کی بیک بتی کسی جگنو کی مانند ٹمٹماتی۔ مگر پھر وہ بھی ڈوب جاتی۔ اتنے میں دوسرا کوچ اسی شان سے نمودار ہوتا۔ دھرتی کا سینہ روندتا۔ مٹی ریت پتھر کنکریاں اچھالتا بڑھتا ہی چلا جاتا۔ ایک نرالا سرور دینار کو آتا۔ جبکہ دیگر دکاندار سمجھتے دینار عمر کے سبب سٹھیا گیا ہے ورنہ تو برق رفتار کوچوں کو دیکھنا کیسا بے تکا مشغلہ ہے۔ نوجوان عمر رسید اور دیگر دکاندار مزے سے ہوٹل میں لگے ٹیلی وژن پر بھانت بھانت کے پروگرام دیکھا کرتے ہندوستان کی رقاصائیں، یورپ کے جنگجو، ترکی حسینائیں اور چینی عورتیں جو عورتوں کا منی ایچریں جن کے جسم کا ہر حصہ آڑانجی جیسے قحط کا شکار جیسے بارشیں نہ ہونے سے قاشم چھوٹا چھوٹا رہ جاتا ہے۔ دینار کو ٹیلی ویژن سے دلچسپی نہ تھی۔ ڈش کی اکلوتی آنکھ آسمان سے دنیا جہاں کی تفریح کھینچ لاتی۔ رات گئے وہ گھر لوٹتا تو اس کی بیوی فاطمہ سکھ کا سانس لیتی کیونکہ پکڑ دھکڑ اور اغواء کا سلسلہ عام تھا۔ مانا کہ دینار کو غربت کے سبب کوئی اغوا نہ کرتا۔ مگر پوچھ گچھ کے بہانے تو دھر لیتے۔ زبردست کا ٹھینگا سر پر ان کا کوئی کیا بگاڑ لیتا۔ لوگوں کے پاس واحد ہتھیار یہی بچا تھا کہ سڑک بند کر دیں۔ جس کے باعث مسافر عورتیں اور بچے ہی خوار ہوتے۔ چونکہ بادشاہ ان کوچوں پر سفر نہ کرتے۔ ان کے کان پہ جوں بھی نہ رینگتی۔ پھر لیویز والے دوڑے چلے آتے۔ تحصیلداران سے قسمیں کھا کھا کر وعدے کرتا کہ اغوا شدہ یا گمشدہ فرد کو وہ جلد بازیاب کرا لے گا۔ مگر یہ سب کچھ بے نتیجہ ثابت ہوتا۔ تحصیلدار وہاں ٹکنے نہ پاتے۔ انہیں بار بار بپھرے ہوئے ہجوم کے سامنے جھوٹی قسمیں کھانے میں عار محسوس ہونے لگتی۔ تو وہ ٹرانسفر کروا کر کھڈ کوچہ یا پٹیرنگ آدات چلے جاتے اور دل جمی سے کچھ عرصہ قسمیں کھا کھا کر وہاں ہجوم کو قابو کرتے احتجاجیوں کو سنبھالتے۔

تاج محل ہوٹل میں اس کی ملاقات سپاہیوں سے بھی ہو جایا کرتی جو قلعہ سے نکل کر سہ پہر میں ٹہلنے خط پوسٹ کرنے یا سگریٹ وغیرہ لینے چلے آیا کرتے۔ ان کا قبوچی قلعہ ایک عمودی قبر سی لگتی اجتماعی قبر جس میں وہ محبوس رہتے۔ خود کو محفوظ سمجھتے اور قلعہ سے باہر کی دنیا پر نظر رکھتے کہ ان پہ حملہ نہ ہو جائے۔ وہ ان دیکھے شکریوں سے خائف رہتے۔ مقامی آبادی سے وہ حاکمانہ فاصلہ برقرار رکھتے ہوئے ہوٹل تاج محل آتے جاتے شاہ جہاں یہ ڈھابہ دیکھتا تو فرطِ غم سے فوت ہو جاتا۔ لیکن یہاں دن بھر چہل پہل رہتی سپاہی وردی کے اندر گوشت پوست کے انسان تھے ان کے قلعہ میں انڈین چینل لگانے پر پابندی تھی حالانکہ دشمنی تو مردوں سے ہوا کرتی ہے دشمن کی حسین عورتیں تو مال غنیمت ہو کرتی ہیں۔ انہیں تو گھروں میں ڈالا جاتا ہے وہاں وہ جی بھر کے پروگرام دیکھتے اور پھر خوشبودار صابن لے کر قلعہ کی راہ لیتے۔ داستانوں کے کرداروں کی مانند تاج محل ہوٹل سے نکلتے ہی وہ دوبارہ پتھر کے انسان بن جاتے۔ ان کے چہروں پر لاتعلقی اور خشونت آ جاتی۔ وردی پہن کر تو بالکل ہی اجنبی لاتعلق مخلوق بن جاتے البتہ دینار کی دوستی حولدار دلاور سے یہیں ہوئی تھی۔ وہ یوں تو اپنے کھوکھے میں چائے منگوا سکتا تھا مگر ٹیلی ویژن کے سامنے دوست نما دشمنوں میں چائے سڑکنے کا مزہ ہی کچھ اور ہے دلاور سگریٹ کا رسیا تھا۔ اکثر بڑھیا سگریٹ کی فرمائش کیا کرتا۔ لنگر کا وہی انچارج تھا۔ جس کے باعث مال پانی وافر مقدار میں موجود رہا کرتا۔ تاج محل ہوٹل ہی اس کا ہائیڈ پارک تھا جہاں جی بھر کر بھڑاس نکالتا۔ ”یہ حکومت ٹاروٹی چینی غرضیکہ سگریٹ پر بھی ٹیکس لگاتی ہے اور کہتی ہے سگریٹ صحت کے لیے مضر ہے۔ اسی مضر سے کماتی بھی ہے۔ سگریٹ نہ پینے والے کیا ہمیشہ زندہ رہتے ہیں؟ قبرستان کیوں بھرتے جا رہے ہیں“۔ یہ بھی سننے میں آیا تھا کہ وہ ہوٹل کے مالک سے ڈرائیور والی سگریٹ کی ڈبیہ تحفۃً قبول کرنے لگا ہے۔ سپاہیوں کے ڈر سے وہ دینار ہی کے ساتھ سہ پہر میں چہل قدمی کے لیے نکل جایا کرتا۔ تاکہ چرس کی بُو ان تک پہنچ ہی نہ پائے۔ دلاور اکثر اپنے گاؤں اور بیوی

بچوں کو یاد کر کے اداس ہو جایا کرتا۔ وہاں کھیت کی وٹ پر بیٹھ کر مولیاں کھانے کا جو مزہ ہے، سرسوں کاٹ کر کھوئی پر نہانے کا جو لطف ہے وہ ان سیاہ پتھریلے میدانوں میں کہاں۔ ہمہ وقت خدشہ ہی تو رہتا ہے کہ کسی پہاڑی کسی ٹیلے سے چلی گولی ماتھا چاٹتی نکل جائے گی۔ ویسے تو MUFTI میں وہ انسان میں منقلب ہو کر جذباتی باتیں کرتا۔ دلاور کی دوستی دینار کو مہنگی پڑی۔ جب گاؤں کے تین نوجوانوں کو اٹھایا گیا تو لواحقین دوڑتے ہوئے اس کے کھوکھے پر چلے آئے اور التجائیں کیں کہ ان نوجوانوں کو چھڑا کر لائے۔ کیونکہ اس کے قلعداروں سے قریبی تعلقات ہیں۔ دینار نے کھوکھے پر ایک رشتہ دار کو بٹھایا دم دلاسہ دے کر مضطرب لوگوں کو ان کے گھروں کی راہ دکھائی اور خود قلعہ کی راہ لی۔ سبھی اسے جانتے تھے اسے اندر بلوایا گیا۔ دینار کے مطالبے پر وہ پریشان سے ہو گئے۔

''انہوں نے ہمارے ٹرک کو پتھر مارے ہیں''

''یہاں پھول نہیں کہ مارتے۔ پتھروں میں تو پتھر ہی ہوا کرتے ہیں۔ کوئی زخمی بھی نہیں ہوا نہ ہی لوہے کے ٹرک کو کنکریوں سے کچھ ہوا ہے۔ ان کی عمریں تو دیکھو۔ بالکل بچے ہیں۔ یہ تو ان کا احتجاج ہے۔''

سپاہی بات سننے پہ آمادہ نہ تھے'' دینار ماما! یہ عام ٹرک نہیں سرکاری ٹرک ہے اس کو مارنا جرم ہے''

دینار جذباتی ہو رہا تھا'' سرکاری ٹرک کو مارنا جرم ہے اور خدا کے بندوں کو مارنا ثواب ہے۔ اچھا تاوان لے لو مجھ سے''

سپاہی مسکراتے رہے'' نقصان تو ہوا ہی نہیں۔ بے عزتی ہوئی ہے سرکار کی۔''

دینار نے خیری جھاڑ کر زمین پر بچھائی اور احتجاجاً دھرنا دے دیا'' میں تو ان بچوں کے بغیر نہیں جاؤں گا'' اس بحث و تکرار کی آوازیں کمیدان تک گئیں تو اس نے بلوا بھیجا تھا۔ جہاندیدہ اس نے دینار کی ضعیف العمری کا احترام کرتے ہوئے کرسی پیش کی۔

''میں یہاں کے بارے میں سنتا چلا آیا ہوں کہ یہاں امن و سکون تھا۔ سڑکیں محفوظ اور لوگ پرسکون تھے۔ دس برس میں یہ کیا طوفان اٹھ کھڑا ہوا ہے۔ سپاہی بتا رہے تھے تم گاؤں کے کماش ہو۔ تم ہی بتلاؤ۔ اس لڑائی کا بھی تو کوئی کماش ہوگا۔'' دینار نے صاف گوئی سے کام لیا'' میرا تعلق اسی علاقے سے ہے، مجھ سے زیادہ کون جانتا ہوگا''۔ کمیدان خوشی میں میز پر جھک سا گیا اور دینار کی آنکھوں میں آنکھیں ڈال کر بولا'' کسی کو نہیں بتاؤں گا۔ اس ہنگامہ آرائی اور جنگ و جدل کا کماش کوئی تو ہوگا۔ بس نام بتا دو ہم خود اس تک جا پہنچیں گے'' دینار نے عہد لینا ضروری سمجھا'' کماش کی نشان دہی پر آپ ان بچوں کو چھوڑ دیں گے'' کمیدان کا چہرہ غیر متوقع جواب پر کھل اٹھا۔ کمیدان نے سینہ ٹھونکا'' یہ ایک سپاہی کا وعدہ ہے، لو ہاتھ ملاتا ہوں''۔ دینار کے جواب سے کمیدان ہکا بکا رہ گیا تھا'' تو ابھی چلیں میرے ساتھ'' کمیدان کو اس غیر متوقع کامیابی کی قطعاً امید نہ تھی۔ کمیدان نے آؤ دیکھا نہ تاؤ۔ دینار کو جیپ میں پیچھے بٹھایا اور دو ٹرکوں میں سپاہی بھر کر دینار کے بتلائے ہوئے راستے پر چل پڑے۔ ان کی حیرت کی انتہا نہ رہی کہ دینار انہیں تاج محل ہوٹل ہی لے آیا اُدھر دور پہاڑوں پر شام اتر رہی تھی۔

سپاہیوں نے عسکری مہارت سے ہوٹل کو گھیرے میں لے لیا۔ مختلف جگہ پوزیشن سنبھال لیں۔ کمیدان کے ہمراہ دینار بڑی سی میز کے پاس پہنچا۔ جہاں درجنوں ٹی وی دیکھنے والے رضاکارانہ طور پر ہینڈز اپ ہو گئے تھے۔ ان کے چہروں پر تعجب اور خوف تھا۔ دینار کو تو یوں کینہ توز نظروں سے دیکھ رہے تھے۔ مانو اسے کچا ہی چبا جائیں گے۔ وہ سبھی برے پھنسنے کی تفسیر اور تصویر بنے ہوئے تھے۔ ''ان میں سے کماش کون ہے''۔ کمیدان نے سوال کیا۔ وہ کھلا جا رہا تھا۔ کماش کی گرفتاری سے علاقے بھر میں امن و امان آ جاتا۔ کیا کمال کی بات تھی۔ بنا گولی چلائے امن۔ اسے ہی تو عقلمندی کہتے ہیں۔

دینار اسے ٹیلی ویژن کے پاس لے آیا۔ ہوٹل کی میز پر پڑا ٹی وی لاتعلقی سے پروگرام دکھائے جا رہا تھا۔ اس نے نہ تو ہاتھ اوپر اٹھائے اور نہ ہی خوف زدہ ہوا۔ بے جان ٹی وی سے جاندار پروگرام جوت جگا رہے تھے۔

''یہ ہے کماش۔ یہ ہے سارے فسادات کی جڑ گرفتار کر لو اس کو ہتھ کڑیاں ڈالا دو اس کے ہاتھوں میں۔ اس کی مسخ شدہ لاش پھینک دو ویرانوں میں'' کمیدان کو تاؤ چڑھا'' یہ ٹی وی کماش ہے کیا؟'' دینار غصے میں آگ اگلنے لگا۔'' جب کوئٹہ کراچی روڈ بنا تو ان دنوں سبھی قسمت پر قناعت کیا کرتے تھے وہ اپنی غربت افلاس لاچاری اور بیماری کو عطیہ قدرت سمجھتے۔ پھر یہاں سڑک کے ساتھ ساتھ ہوٹل کھلنے لگے۔ انہوں نے ڈش لگا لی، ٹیلی ویژن پر باقی دنیا والوں کو باقی علاقوں کو دیکھ دیکھ کر لوگ باؤلے ہونے لگے۔ وہ اپنا مقابلہ باقی دنیا سے کرنے لگے۔ ان کا دماغ جاگ اٹھا بھوک اور غربت سے مرنے کی بجائے انہوں نے گولی سے مرنا پسند کیا۔ صحراؤں میں بے گور و کفن مرنے کو ترجیح دی۔ نہ کفن کا خرچہ اور نہ ہی گورکن کی مزدوری۔ یہ ٹیلی ویژن گرفتار کر کے قلعہ میں لے جاؤ دوبارہ یہاں امن آ جائے گا۔ تھانہ سونا خان سے حب چوکی تک امن ہی امن ہوگا''

کمیدان کسی گہری سوچ میں ڈوبا رہا۔ اس کے چہرے پر رنگ آتے جاتے رہے پھر اس نے خوفزدہ لوگوں کو جو ابتک ہینڈز اپ کھڑے تھے۔ ہاتھ نیچے کرنے اور آرام سے بیٹھ جانے کا عندیہ دیا پھر وہ اپنی جیپ میں بیٹھا جانے کیا کچھ سوچتا رہا۔ تا آنکہ اس نے دینار کو بلوایا جو تذبذب کے عالم میں تھا۔ ''لڑکے تھوڑی دیر میں آ جائیں گے۔ میں وعدہ پورا کر رہا ہوں۔ مگر انہیں کہنا دوبارہ ایسی حرکت نہ کریں''۔ جیپ کا انجن انگڑائی لے کر جاگ اٹھا تو سبھی روانہ ہو گئے۔ سپاہیوں کے جاتے ہی لوگوں نے دینار کو کندھوں پہ اٹھا لیا'' کماش کیوارہ بند'' کے نعرے بھی لگے۔ دینار اس پذیرائی سے خوش ہونے کی بجائے نالاں ہوا۔ اور داد و تحسین کے ڈونگرے برساتے مجمع کو چھوڑ کر ڈگ بھرتا کھوکھے تک جا پہنچا۔ کھوکھا بند کر کے یہ جا وہ جا نظروں سے ہی اوجھل ہو گیا۔ ''کوئی میرا شکریہ ادا کرنے نہ آئے'' اس نے فاطمہ کو تنبیہ کی اور چارپائی پر ڈھیر ہو گیا۔

رات گئے گاؤں میں شوروغوغا مچا کہ سپاہیوں کا ٹرک چلا آ رہا ہے۔ ماؤں کے پاس وقت نہ تھا۔ انہوں نے اپنے بیٹوں کو جگانے کے لیے ان کے چہروں پر گلاسوں سے پانی پھینکا ان کے منہ پر طشت سے پانی مارا۔ نوجوانی کی نیند بڑی گہری ہوتی ہے اور میٹھی بھی۔ لیکن اس غیر شفیقانہ عمل سے وہ ہڑ بڑا کر اٹھے تو ماؤں نے انہیں پہاڑوں کے رخ پر گھروں سے باہر دھکیل دیا۔ ٹرک دینار کے گھر پر آ ٹھہرا۔ دینار بھی آنکھیں ملتا باہر نکلا تو دلاور سے مڈبھیڑ ہو گئی۔

''بھئی رات گئے جگانے کی معذرت چاہتا ہوں۔ مگر کمیدان صاحب کہتا ہے کہ سرکار نہیں مان رہی۔ کوئی اور طریقہ بتاؤ''

دینار اس غیر متوقع صورتحال سے ہراساں ہو کر اب سنبھل چکا تھا۔ ''ان سے کہہ دو کماش کے سامنے بیٹھنے والوں دیکھنے والوں کی آنکھیں ہی نکلوا ڈالے نہ رہے بانس نہ بجے بانسری''

دلاور نے بات کو تولا۔ پھر معنی خیز انداز میں تشویش کا اظہار کیا ''مگر اتنی آنکھیں ہم کیا کریں گے؟''

دینار نے تسلی دی ''چار چار لگا لینا، ان کا کھوکھا کھول لینا''

''آدمی کو بھی میسر نہیں انساں ہونا''

رینو بہل
(چندی گڑھ، بھارت)

بادلوں کے گرجنے کی آواز سن کر پریتو کمرے بُڑبُڑاتی ہوئی تیز قدموں سے باہر صحن میں آ گئی۔ آسمان کی طرف نظریں اُٹھائیں تو دل دھک سے رہ گیا۔ کچھ دیر پہلے تو موسم بالکل صاف تھا جب وہ صحن میں بیٹھ کر برتن صاف کر کے باپو جی کے کمرے میں انہیں دوائی دینے گئی تھی۔ دوائی دے کر وہ جانے لگی تو بے بے نے ہاتھ پکڑ کر پاس ہی بٹھالیا:

''کچھ دیر تُو بھی آرام کر لے سارا دن کام میں ہی لگی رہتی ہے۔''

''بے بے آرام تو اب ایک بار ہی ملے گا۔ کیا کروں تیرا پُتر بھی تو اندھیرے منہ کا نکلا ہوا ہے۔ تُو تو جانتی ہی ہے اب مزدور ملنے کتنے مشکل ہو گئے ہیں۔ ایک تو منہ کھول کھول کر مزدوری مانگتے ہیں اوپر سے شرطیں الگ۔ روٹی پانی کے علاوہ رات کو دارُو بھی چاہیے۔ اتنا کچھ انہیں دینا ہے تو اپنے لئے کیا بچتا ہے۔''

''ہمارا وقت اچھا تھا بھرا پُرا خاندان ہوتا تھا۔ ایک ساتھ کتنا ہی کام نپٹا لیتے تھے اور گاؤں میں ہی مزدور مل جاتے تھے وہ بھی ہماری شرطوں پر کام کرتے تھے''

''بے بے اب وہ زمانہ نہیں رہا۔ اپنے ہی گھر میں دیکھ لو۔ رب نے ایک ہی بیٹا دیا۔ اپنا پیٹ کاٹ کر اُسے پڑھایا لکھایا کہ اپنے بزرگوں کی طرح ان پڑھ نہ رہ جائے مگر ہمیں کیا معلوم تھا کہ ہم اپنے پیروں پر آپ کلہاڑی مار رہے ہیں۔ جس مٹی میں وہ کھیل کُود کر جوان ہوا اب وہی مٹی سے اُس کے ہاتھ گندے ہوتے ہیں۔ کھیت سنبھالنے نہیں نوکر ملتی نہیں۔ نوکری کی تلاش میں دردر بھٹکنا منظور ہے پر اپنے کھیتوں پر کام نہیں کرنا۔ آوارہ اور نشئی لڑکوں کے ساتھ بے مقصد گھومتے رہو۔ مجھے تو ڈر ہے بے بے کہیں وہ بھی نشہ تو نہیں کرنے لگا! آج کل لچھن کچھ ٹھیک نہیں اُس کے۔'' اُس کی آواز میں مایوسی کے ساتھ ساتھ انجانا خوف بھی تھا۔

ملکیت سنگھ بستر پر آنکھیں بند کیے لیٹے لیٹے ساس بہو کی باتیں سُن رہے تھے۔ ناتواں جسم میں دھڑکتا دل بھی اب بڑھاپے میں کمزور ہو گیا تھا۔ بیٹے کی مجبوری اور جوان پوتے کے بھٹکتے قدم سینے میں ہُوک بن کر اٹھے۔ آنکھوں کے دونوں کونوں سے بہتے پانی نے سرہانے پر اپنے نشان چھوڑ دیئے اور ہر بار کی طرح اس دفعہ بھی تکیئے نے اس پانی کو اپنے اندر خاموشی سے جذب کر لیا۔

''بے بے لگتا ہے موسم خراب ہو رہا ہے'' اتنا کہہ کر وہ بنا کچھ کہے بے بے کی بات سُنے بُڑبُڑاتی ہوئی باہر آ گئی۔ کالے بادلوں کے چھوٹے چھوٹے ٹکڑے قافلہ بنا کر نہ جانے کہاں سے جھومتے جھومتے اس طرف اُمڈ آئے تھے۔ اکثر وہ ان بادلوں کو دیکھ کر خوشی سے جھوم اُٹھتی تھی مگر آج اُسے یہ بے موقعے اور محل کے بادل خوفزدہ کر رہے تھے۔ وہ جلدی جلدی رسوئی میں ہاتھ چلانے لگی اور ساتھ ہی ساتھ ارداس بھی کرتی گئی ''بابا جی مہر کرنا بس یہ بادل چُپ چاپ آنکھیں بند کیے یہاں سے نکل جائیں نہیں تو ہم لوگوں کی ساری محنت پر پانی پھر جائے گا'' پھر وہ دل ہی دل میں جپ جی صاحب کا پاٹھ کرنے لگی۔ کام تو وہ صحن میں بنی رسوئی میں کر رہی تھی مگر اس کی پوری توجہ آسمان میں مچلتے، اُمڈتے، گرجتے بادلوں کی طرف تھی۔ خیر خیر کر کے یہ وقت بھی ٹل ہی گیا۔ بادل آئے، گرجے ایسے جیسے دھمکا رہے ہوں، ڈرا رہے ہوں اور پھر شرارت سے مسکرا کر آگے نکل گئے۔ کھیتوں میں فصلوں کی کٹائی کرتے کسانوں کے چہرے سے خوف کے بادل بھی چھٹ گئے اور پُر سکون مسکراہٹ پھر واپس لوٹ آئی کٹائی اور تیز ہونے لگی۔

گُرنام سنگھ جب کھیتوں سے گھر لوٹا تو شام ڈھل چکی تھی۔ بے بے، پریتو اور لاڈو آنگن میں ہی بیٹھیں کچھ کام کر رہی تھیں۔ ہمیشہ کی طرح باپو جی اپنے کمرے میں بستر پر لیٹے تھے۔ اسے دیکھتے ہی لاڈو باپ کے لیے پانی لینے اُٹھ کر رسوئی میں چلی گئی تو پریتو نے نلکے کے پاس ہی بالٹی میں پانی بھر کر رکھ دیا۔

مُنہ ہاتھ دھو کر پانی پی کر وہ بے بے کے پاس ہی چارپائی پر لیٹ گیا۔ تھکان سے جسم ٹوٹ رہا تھا۔ بے بے نے پیار سے اُس کا سر سہلانا شروع کیا تو اُس کی آنکھیں خود بخود موندنے لگیں۔

''جا پریتو لاڈو کو کہہ گُرنام کے لیے لسی یا سکنجوی بنا دے''

''نہیں بے بے اس کی ضرورت نہیں۔ میں ٹھیک ہوں، بس تھوڑی دیر میں کھانا کھاؤں گا۔ آج باپو کی طبیعت کیسی رہی؟''

''جیسی تھی ویسی ہی ہے۔ نہ کچھ بول سکتے ہیں نہ ہل سکتے ہیں بس باتیں سُنتے رہتے ہیں اور آنسو بہاتے رہتے ہیں اپنی بے بسی پر۔ چل پہلے اُن سے چل کر مل لے، تیرا راستہ دیکھ رہے ہونگے'' بے بے اُٹھ کر اندر چل دی تو وہ بھی اُٹھ کر اُن کے پیچھے چل دیا۔

پچھلے دس مہینے سے اُس کے باپو جی نے بستر پکڑ لیا تھا۔ اس لیے پہلے تو کبھی نہ تو بیمار ہوئے اور نہ ہی کبھی ایک دن کے لیے بھی بستر پر بے وقت آرام کیا۔ اپنے کھیت اور اپنا گاؤں بس یہ ہی اُن کی زندگی تھی۔ اُن کے والد کے پاس چھ ایکڑ زمین تھی۔ جب اُن کا انتقال ہوا تو یہ زمین دونوں بھائیوں میں برابر بٹ گئی۔ وہ اپنے حصّے کے تین ایکڑ زمین میں ہی خوش تھا۔ دونوں بھائیوں نے اپنے اپنے کھیتوں میں ٹیوب ویل لگوا لئے تھے اور چھ مہینے گیہوں اور چھ مہینے بعد دھان کی فصل اُگائی جاتی۔ تھوڑے سے زمین کے حصّے میں آلو، پیاز، سبزیاں اور دالیں اُگا دی جاتیں۔ اس طرح گھر کی زمین سے ہی سال بھر کا راشن نکل آتا۔

گھر میں دو بھینسیں بھی بندھیں تھیں جن کا سارا کام پہلے بے بے

سنبھالتی تھی جس سے گھر کے لیے دودھ بھی نکل آتا اور کچھ بِک بھی جاتا۔ جب رجت سنگھ پیدا ہوا تو اُن کا سینہ خوشی سے اور چوڑا ہو گیا۔ اُنہیں اپنی زمینوں کا وارث مل گیا تھا۔ پوتے کی شکل دیکھتے ہی اُمیدوں نے بھی دل و دماغ میں پنپنا شروع کر دیا۔ جیسے جیسے رجت سنگھ عمر میں بڑھتا گیا ویسے ویسے اُن کی حسرتیں بھی بڑھتی گئیں۔ اُنہیں یقین تھا کہ ایک روز وہ نہ صرف اُن کی زمین کو سنبھالے گا بلکہ اس میں اضافہ بھی کرے گا۔ اپنے باپ کا ہاتھ بٹائے گا۔ مگر جب اُس کی پڑھائی کے لیے شہر کے اخراجات گُرنام سنگھ کی پہنچ سے باہر ہو گئے تو اُس نے زمین کا ایک ٹکڑا بیچ دیا۔ اُس وقت باپو جی نے بڑے بھاری من سے اپنی رضامندی دی تھی۔ زمین بڑھنے کے بجائے جب ہاتھوں سے کھسکنے لگی اور چار ہاتھوں کی جگہ صرف دو ہاتھ ہی رہ گئے تو اُن کے دل و دماغ پر درد کا غبار چھانے لگا اور جب یہ غبار برداشت اور اُن کی ضبط سے باہر ہو گیا تو فالج نے حملہ کر کے اُنہیں اپاہج کر دیا۔ اُن کے علاج میں اُس نے کوئی کسر نہ چھوڑی۔ قرضے کا بوجھ بھی سر پر اُٹھایا مگر صحت بد سے بدتر ہوتی گئی۔

''باپو جی ٹھیک ہو؟'' اُس نے کمرے میں داخل ہوتے ہی اونچی آواز میں پوچھا۔ دونوں کی نظریں ملیں۔ وہ آنکھوں میں ہی مُسکرائے اسے دیکھ کر ایک چمک سی اُن کی آنکھوں میں کوندی۔ ''چنگا ہے'' انہوں نے کہا ضرور مگر اُن کی آواز اُن کے لبوں میں دب کر دم توڑ گئی اور بیٹے نے لبوں کی جنبش سے ہی اُن کا جواب پڑھ لیا۔ کچھ پل اُن کے پاس بیٹھا اُن کا ہاتھ اپنے ہاتھوں میں لیا اُسے پیار سے سہلاتا رہا۔ جو سکون اُنہیں اس وقت میسر ہو رہا تھا وہ اُن کے چہرے سے صاف نمایاں تھا۔

''جا پُتر جا کر کچھ کھا پی لے۔ آرام کر لے صبح پھر تجھے جلدی نکلنا ہوگا'' بے بے نے بیٹے کا تھکا ہوا چہرا دیکھ کر اُسے آرام کرنے کو کہا۔

وہ صحن میں آ کر چارپائی پر پھیل گیا تو پریتو نے پاس آ کر پوچھا۔

''سردار جی چائے بنوا دوں یا کھانا لگوا دوں؟''

''پریتو آج تو جسم کا روم روم درد سے ٹوٹ رہا ہے۔ آج چائے کیا کام کرے گی''۔

وہ اُس کا مطلب سمجھ گئی، چُپ چاپ اُٹھی اور کمرے سے بوتل، گلاس اور پانی لے کر آ گئی۔

''لاڈو کچھ نمکین اور ایک پلیٹ میں کھیرا ٹماٹر کاٹ کے لے آ''

اُس کی آواز سُن کر وہ جھٹ سے اٹھ بیٹھا۔

''پریتو تیری طبیعت تو ٹھیک ہے؟ یہ میں کیا دیکھ رہا ہوں؟ آج تو بن مانگے موتی مل گئے'' بوتل دیکھ کر اُس کی ساری تھکان چھومنتر ہو گئی۔

''تمہاری بیوی ہوں۔ جانتی ہوں اس وقت تمہیں اس کی سخت ضرورت ہے۔''

وہ پاس ہی بیٹھ کر اُسے پنکھا جھلانے لگی۔ لاڈو کھانے کا سامان رکھ کر اندر چلی گئی اور وہ گلاس میں شراب اُنڈیل کر پینے لگا اور دن بھر کی رام کہانی اُسے سناتا رہا۔

''سردار جی کل تک پوری فصل کٹ جائے گی نا؟ آج تو بادلوں نے گرج کر جان ہی نکال دی تھی۔ بس واہے گُرو جی کو کی ہوئی ارداس ہی کام آئی۔ بس کل کا دن بھی نکل جائے تو لاڈو کی شادی کا انتظام ٹھیک ہو جائے گا''

''کل لاڈو کے ساتھ تُم بھی آ جانا۔ میں منکت سنگھ کو بھی کہہ کر آیا ہوں کہ تھوڑا ہاتھ میرا بھی بٹائے۔ اگر رجت ہاتھ بٹا دیتا تو لوگوں کی مدد نہیں لینی پڑتی۔ کوئی اتا پتا معلوم ہے لاڈلے کا؟''

''دو دن کے لیے کہہ کر گیا تھا پورے سات دن ہو گئے۔ کہتا تھا نوکری لے کر ہی آؤں گا۔ آگے وہ جانے یا اُوپر والا۔ آپ فکر مت کرو ہم لوگ یہ وقت بھی نکال ہی لیں گے''

''وقت تو نکل ہی جائے گا رُکے گا نہیں بس ملال اس بات کا ہے جو سہارا بیٹے کو بننا چاہیے تھا وہ فرض بیٹی نبھا رہی ہے''

''تقدیر کا لکھا کوئی مٹا تو نہیں سکتا سردار جی۔ سب باتیں چھوڑ کر بس یہ دُعا کرو کہ گیہوں ٹھیک ٹھاک منڈی میں پہنچ جائے تاکہ اچھی رقم مل جائے۔ کچھ قرضہ اُتر جائے اور لاڈو کے ہاتھ بھی پیلے ہو جائیں''

''تو ٹھیک کہتی ہے پریتو تقدیر کا لکھا کوئی نہیں مٹا سکتا۔ بس ہم لوگ دُعا ہی کر سکتے ہیں۔ اس بار موسم نے پورا ساتھ دیا ہے آگے بھی اسی طرح ساتھ رہا تو سب ٹھیک ہو جائے گا۔''

''اب آپ بس کرو۔ میں کھانا لگا رہی ہوں۔ صبح پھر جلدی نکلنا ہوگا۔''

یہ کہہ کر وہ کھانا لگانے چلی گئی۔ رات وہ آرام سے سویا اور صبح سویرے اندھیرے منہ جب وہ کھیتوں پر جانے لگا تو بے بے نے کہا:

''پتر میں آج جتندر کو کہہ دوں گی تیری مدد کے لیے آ جائے گا''

''تو میری فکر نہ کر بے بے۔ تیرے بیٹے میں ابھی بھی دم ہے۔ میں نے منکت کو کہہ دیا ہے اور پھر لاڈو اور پریتو بھی آ جائیں گی۔ تو بس باپو جی کا خیال رکھ۔ میرے سر سے سارا بوجھ اپنے آپ اُتر جائے گا۔ بس باپو جی ایک بار پھر سے پہلے کی طرح چلنے پھرنے لگیں''

''رب دی مرضی اگے کسی دی نہیں چلی'' وہ بس اتنا ہی کہہ سکی اور واپس کمرے میں لوٹ آئی۔ ملکیت سنگھ ابھی بھی گہری نیند سو رہے تھے۔ شوہر کی بیماری، بیٹے کی مجبوری اور پوتے کی لاپرواہی نے اُسے توڑ کر رکھ دیا تھا پھر بھی وہ سب سے زیادہ اپنے بیٹے کی سلامتی کی دُعائیں کرتی۔ وہ چاہتی تھی کہ کسی طرح اُس کے بیٹے کی تکلیفیں دُور ہو جائیں۔ اپنی پریشانی کو کبھی اُس نے پریتو، لاڈو اور گُرنام تک کو ظاہر نہیں ہونے دیا۔ وہ یہ جانتی تھی کہ پیار اور لاڈ کے دو بول بھی اُن کو اس مشکل گھڑی میں نہ صرف راحت دیں گے بلکہ اُن کے حوصلے بھی بلند

کریں گے۔ جب بھی اور جتنا بھی اُس سے بن پڑتا وہ گھر کے کاموں میں ماں، بٹی کا ہاتھ بٹانے کی کوشش ضرور کرتی۔ یہ بات اور ہے کہ وہ دونوں اُسے کسی کام کی اجازت ہی نہیں دیتی تھیں بس ایک ہی بات کہتیں:

''بے بے تُو آرام کر۔ بس باپو جی کا خیال رکھ باقی کام ہم دونوں سنبھال لیں گی''

صبح ہونے سے پہلے ہی جب گُرنام سنگھ کھیتوں کے لیے نکل گیا تو لاڈو بھی ماں کا، گھر کے کاموں میں ہاتھ بٹا کر اپنے باپو کے لیے روٹی اور لسّی لے کر کھیتوں پر پہنچ گئی۔ اُنہیں کھانا پروس کر وہ خود اُن کے ساتھ کھیتوں میں کٹائی کے کام میں ہاتھ بٹانے لگی۔

پریتو جلدی جلدی باقی گھر کے کام نپٹا کر دوپہر کا کھانا لے جانے کو تیار تھی۔ جانے سے پہلے وہ بے بے کے پاس گئی تو باپو جی سو رہے تھے اور بے بے اُن کے پاس بیٹھی کسی گہری سوچ میں کھوئی ہوئی تھی۔ آج پہلی بار ایسا ہوا تھا کہ اُنہیں پریتو کے آنے کا پتا ہی نہیں چلا۔

''بے بے سب ٹھیک ہے نا؟'' اس نے بے بے کو جھنجھوڑتے ہوئے پوچھا۔ وہ یک دم چونک اُٹھی۔

''سب ٹھیک ہے پُتر بس رب ول دھیان لگ گیا سی''

''کھانا لے آواں؟ مجھے کھانا لے کر جانا ہے لاڈو اور اس کے باپو کے لیے''

''تُو جا پُتر ہماری فکر نہ کر۔ تیرے باپو جی ابھی دوائی کھا کر سوئے ہیں۔ اٹھیں گے تو انہیں کھلا کر خود بھی کھا لوں گی۔ بس آج کٹائی کا سارا کام ختم کر آنا۔ ضرورت پڑے تو جتندر کو بُلوا بھیجنا''

''بے بے فکر نہ کر۔ بس دعا کر یہ کام بھی ٹھیک ٹھاک نپٹ جائے''۔ اُس نے ایک نظر باپو جی کی طرف دیکھا جو آنکھیں بند کئے لیٹے تھے۔

''جا پُتر رب راکھا''

دوپہر کا کھانا کھا کر گُرنام، منگت، لاڈو نے کچھ دیر سُستانے کے بعد پھر سے کام شروع کر دیا۔ آسمان پر پھر کالے بادل آنکھ مچولی کھیلنے لگے تھے۔ پریتو بھی اُن کے ساتھ جلدی جلدی ہاتھ چلانے لگی۔ جیسے جیسے آسمان پر کالے بادلوں کے ٹکڑے، اُمڈتے، گرجتے نظر آتے اُن کے ہاتھوں کی رفتار اور تیز ہو جاتی۔ گُرنام دل ہی دل میں سوچ رہا تھا کہ چند پیسے بچانے کی خاطر اُس نے خود کو اور اپنے گھر کی عورتوں کو بھی تکلیف دے ڈالی۔ اگر اُس کے پاس بھی اچھی خاصی رقم ہوتی تو وہ بھی دوسرے کسانوں کی طرح فصل کی کٹائی ایک دن میں مشین سے کروالیتا یا پھر دو مزدور ہی رکھ لیتا۔ ایک دن میں کام نپٹ جاتا تو موسم کا خطرہ ٹل جاتا۔ یہ کالے بادل تلوار کی طرح سر پر لٹک رہے ہیں۔ اگر فصل بارش میں بھیگ گئی تو کام بھی بڑھ جائے گا اور دام بھی اچھے نہیں ملیں گے۔ پھر باپو جی کی دوائی، لاڈو کی شادی اور رجت کے شہر کے اخراجات کے لیے پھر سے قرضہ لینا ہوگا۔ بادل پھر گرجے تو اُس نے خیالوں کو جھٹک کر پوری توجہ کام پر لگا دی۔ بس اب تو تھوڑا سا ٹکڑا ہی رہ گیا ہے۔ وہ دل ہی دل میں ارداس کرنے لگا۔

شام ہوتے ہوتے رب رب کرتے کٹائی بنا کسی رُکاوٹ کے مکمل ہوگئی۔ سب نے چین کی سانس لی اور واہے گُرو جی کا تہہ دل سے شکریہ ادا کیا۔

''تم دونوں گھر چلو میں اور منگت بس تھوڑی دیر میں سب سمیٹ کر آتے ہیں۔ اب تو بادل بھی ڈرا کر نکل گئے۔ اب کوئی خوف نہیں بارش کا''

وہ دونوں روٹی کے برتن اُٹھا کر خوشی خوشی گھر کی طرف روانہ ہو گئیں۔

سورج تو پہلے ہی بادلوں کے آنچل میں چھپ گیا تھا۔ شام کے سرمئی اندھیرے دھیرے دھیرے پیر پھیلانے لگے تھے۔ کچھ کچھ گھروں میں بتیاں بھی جل چکی تھیں۔ اپنے گھر کے آنگن میں قدم رکھتے ہی دونوں ٹھٹھک گئیں۔

صحن میں بچھی چارپائی اور کُرسیاں اکٹھی کر کے کونے میں پڑی تھیں اور پورے آنگن میں صفِ ماتم بچھی دیکھ کر وہ کمرے کی طرف لپکیں۔ بے بے ویسے ہی کُرسی پر خاموش بیٹھی تھیں اور باپو جی بستر پر۔ فرق اتنا تھا کہ اب بے بے نے اُن کا چہرہ بھی سفید چادر سے ڈھانپ دیا تھا جو اُسے دوپہر کو پریتو کے کھیتوں پر جانے سے پہلے ہی ڈھانپ دینا چاہیے تھا۔

''انتہائی مطلوب''

شہناز خانم عابدی
(کینیڈا)

گداگری کی لعنت کو انوری نے تقدیر کا لکھا مان کر قبول کر لیا تھا۔شوہر کی موت میں اس کو رب کی مرضی نظر آئی۔لیکن جب اس نے اپنے بیٹے سلیم کو معذور بنائے جانے کا سنا تو وہ ہار گئی۔۔۔

رشید البیلا۔۔۔چھ فٹ کا قد، بھاری جسم، سیاہ فام چہرہ، سرخ بڑی بڑی آنکھیں، سفید شلوار قمیض پہنے، گردن پر لال رومال ڈالے، پاؤں میں کشمیری سینڈل پہنے، منہ میں پان دابے ایک آرام کرسی پر نیم دراز تھا سامنے میز پر روپے پیسوں کا ڈھیر لگا ہوا تھا۔ برابر میں رکھی ہوئی کرسی پر ایک رجسٹر لئے رحمت بیٹھا تھا جو سب کے لئے زحمت تھا۔ بھکاری آتے جاتے اپنی دن بھر کی کمائی ہوئی پونجی میز پر رکھتے جاتے۔ رحمت رجسٹر میں ہر ایک کے نام کے ساتھ ان کی دی ہوئی رقم بھی لکھتا جاتا اور ان پیسوں میں سے تھوڑے سے پیسے ان کے ہاتھ میں رکھدیتا۔

''یہ کیا۔؟'' اپنی چھوٹی چھوٹی، گول گول آنکھیں نکال کر اس نے پیسوں والا ہاتھ انوری کی طرف کرتے ہوئے کہا۔ جو سب سے آخر میں اپنی کمائی دینے آئی تھی۔

وہ خاموش کھڑی رہی۔

رحمت، رشید البیلا کو متوجہ کرتے ہوئے بولا ''صرف سو روپے''

''کیا کرتی رہی پورا دن۔؟'' رشید البیلا زوردار آواز میں گرجا۔

''صاب جی میں تو تمام دن ہاتھ پھیلائے اِدھر سے اُدھر بھاگتی رہی۔۔۔مگر۔۔۔میرے نصیب۔۔۔''

''یہ نصیب وصیب کچھ نہیں ہوتے۔۔۔۔آج اس کو کچھ مت دو کل سے سالی خود زیادہ کما کر لائے گی۔'' رشید البیلا نے پیک تھوکنے کے بعد اگالدان رکھتے ہوئے کہا۔

''صاب جی میرے پاس تو ایک پائی بھی نہیں ہے۔ صبح سے میں بھوکی ہوں۔۔۔اور وہ میرا بیٹا بھی۔۔۔'' انوری کی آنکھوں میں آنسو بھر آئے۔

''ارے ہاں! اب تو تیرا بیٹا بھی بھیک مانگنے کے قابل ہو گیا ہو گا۔ رشید البیلا نے اپنی کلائی پر بندھی قیمتی گھڑی میں وقت دیکھتے ہوئے کہا۔

''صاب جی میرے بیٹے کو معاف کر دو میں اسے پڑھانا چاہتی ہوں۔اسے اس دھندے سے دور رکھنا چاہتی ہوں۔'' انوری نے ہاتھ جوڑ کر گڑگڑاتے ہوئے رشید البیلا کی کشمیری جوتی پر اپنا سر رکھ دیا۔''

''کل سے اسے اڈے پر بٹھا دینا۔'' رشید البیلا نے رحمت کی طرف دیکھ کر کہا۔اور ہاں۔۔۔اس سے دور۔'' انوری کی طرف اشارہ کرتے ہوئے کہا اور دس روپے اس نے انوری کے ہاتھ پر رکھ دیئے۔

رحمت نے شرارتی نگاہیں انوری کے بدن پر ڈالتے ہوئے اپنی گردن رشید البیلا کی جانب موڑی اور بڑے بڑے پیلے دانت نکوس کر بولا ''بالکل دادا! آپ فکر ہی نہ کریں۔''

انوری پر تو جیسے بجلی گر پڑی۔اس کے سارے خواب چکنا چور ہو گئے۔ وہ اپنے آنسو پونچھتے ہوئے جب جھونپڑی میں پہنچی تو سلیم سو چکا تھا۔ وہ جانتی تھی رحمت نے یہ سب کچھ کیوں کیا ہے۔اس کے شوہر کی موت کے ساتھ ہی وہ انوری کے گرد منڈلانے لگا تھا۔ جب زیادہ تنگ کرنے لگا تو انوری نے دھمکی دی کہ وہ رشید البیلا سے اس کی شکایت کر دے گی۔ رشید البیلا کے نظامِ حکومت میں عورتوں سے جنسی بیگار لینے کی اجازت نہیں تھی۔ عورتوں اور لڑکوں سے بھیک منگوانے کے علاوہ کوئی اور کام نہیں لیا جاتا۔ عورتیں اور لڑکے بڑی حد تک محفوظ تھے۔ بھکاری بھی نکاح پڑھوائے بغیر ایک دوسرے سے جنسی تعلقات نہیں رکھ سکتے تھے۔ اگر کوئی ایسا کرتے ہوئے پکڑا جاتا تو سخت سزا کو پہنچتا۔ رحمت شادی شدہ تھا انوری اس کے لئے شجرِ ممنوعہ تھی۔ پھر بھی وہ اس کو گھیرنے کی کوشش کر رہا تھا۔ شاید اس کو اس بات کا گھمنڈ تھا کہ وہ رشید البیلا کے کیمپ کا منشی، منتظم اور سب کچھ تھا۔ اس کا کوئی کچھ نہیں بگاڑ سکتا تھا۔

دوسرے ہی دن صبح سویرے رحمت انوری کی جھونپڑی پر آ پہنچا اور دانت نکالتے ہوئے بولا ''سلیم کو باہر بھیج۔''

''ابھی تو اس نے روٹی بھی نہیں کھائی۔'' انوری بولی۔

''تو فکر نہ کر۔'' رحمت نے سلیم کا ہاتھ پکڑا اور اس کو لے کر چلتا بنا۔ جاتے جاتے بولا ''رات دادا کے اڈے سے لے لینا اپنے بیٹے کو۔''

انوری کی آنکھوں سے آنسو بہہ نکلے۔ اس وقت وہ اپنے آپ کو کتنا بے بس محسوس کر رہی تھی۔ اس نے کیا کیا سوچا تھا۔۔۔ سلیم کو پڑھائے گی اور جب وہ نوکری کے قابل ہو جائیگا تو خود بھی بھیک مانگنا چھوڑ دے گی۔ اور ماں بیٹے کسی ایسی جگہ جہاں نہ رحمت ہو اور نہ رشید البیلا، دونوں عزت سے رہیں گے۔

رات جب وہ اڈے پر پہنچی، سلیم وہاں موجود تھا۔ انوری کو دیکھتے ہی وہ اس سے لپٹ گیا۔

''پہلے ہی دن تیرے بیٹے نے تین سو کمائے ہیں۔'' یہ کہہ کر رحمت نے بیڑی کا کش لیا۔

''اگر اس کے ہاتھ پیر توڑ دیئے جائیں تب تو یہ اور زیادہ کمائے گا۔'' رشید البیلا سلیم کی طرف دیکھتے ہوئے بولا۔

''نہیں نہیں! خدا کے لئے میرے بیٹے کے ساتھ ایسا کچھ نہ کرنا۔''

وہ روتی ہوئی ہاتھ جوڑ کر رشید البیلا کی کرسی کے سامنے بیٹھ گئی۔

''اچھا چھا۔۔۔جا۔۔۔اپنے بیٹے کو لے کر جا۔'' رشید البیلا بولا۔

انوری نے اپنے آنسو پونچھے اور سلیم کو ساتھ لے کر چلی گئی۔اس نے ان آنسوؤں کو بھی نہیں دیکھا جو ماں کی بے بسی پر بیٹے کے چہرے کو بھگو رہے تھے۔

گداگری کے خلاف حکومتی قوانین موجود تھے۔میڈیا اور اخباروں کے لئے بھی ''گداگری'' گرم موضوع تھا۔ان حالات میں گداگری کا اڈہ چلانا آسان نہیں تھا۔لیکن اس میں پیسہ بہت تھا۔اور پیسہ حاصل کرنے کے لئے رشید البیلا کو کئی چھوٹے بڑے منہ بند کرنے ہوتے۔

انوری کھلی اور بند آنکھوں سے اپنے بیٹے کو معذور ہوتا ہوا دیکھنے لگی تھی۔وہ دیکھتی سلیم لنگڑا، لولا، اپاہج بنا کسی گداگری کی گاڑی میں لیٹا یا کسی اڈے پر پڑا آتے جاتے لوگوں کے دلوں کے نرم گوشوں کو متاثر کر کے رشید البیلا کے لئے ''سونے کی چڑیا'' کا کام انجام دے رہا ہے۔اور اس سب کے پیچھے اسے رحمت کی شرارتی شخصیت ہی نظر آتی۔رحمت جو رشید البیلا کے سخت احکامات کے باوجود انوری کے پیچھے پڑا ہوا تھا۔انوری کے لاکھ دھتکارنے کے باوجود وہ کسی بھوکے کتے کی طرح اس پر جھپٹے مارتا رہتا۔۔۔انوری اسے دھتکارتی جاتی۔۔۔ لیکن اب حالات نے انوری کو بے بس کر دیا تھا۔اور بالآخر اس نے وہ کچھ کیا جو وہ ہرگز نہیں کرنا چاہتی تھی۔۔۔۔اسی گناہ سے وہ زندگی بھر بچتی رہی تھی۔اس سے بچنے کے لئے اس نے بڑے پاپڑ بیلے تھے بہت کچھ سہا تھا اس نے کبھی سوچا بھی نہ تھا کہ اتنے جتن سے محفوظ رکھا ہوا بدن اس طرح پامال ہوگا۔وہ بھی رحمت جیسے بھوکے بھیڑیے کے ہاتھوں۔۔۔رحمت نے قسم کھا کر اس سے وعدہ کیا تھا کہ وہ سلیم کو معذور نہیں بننے دے گا۔۔۔انوری ٹوٹ گئی۔۔۔لیکن یہ ٹوٹنا اس کے بدن پر بھی ٹوٹا۔۔۔وہ دن بدن گھلتی جا رہی تھی۔

سلیم معذور ہونے سے محفوظ رہا۔لیکن رشید البیلا نے رحمت کی ایک ٹانگ کٹوا کر اسے شہر کی جامع مسجد کے باہر پلانٹ کر دیا تھا۔رحمت نے اپنے منشی ہونے، اپنے کرتا دھرتا ہونے کے زعم میں رشید البیلا کے سخت ترین قانون کو نظر انداز کرنے کی غلطی کی تھی۔۔۔یہ غلطی کب تک چھپی رہتی چنانچہ وہ اپنی سزا کو پہنچ گیا۔رشید البیلا نے انوری کو بلا کر اس کے جرم کا اعتراف کروایا اور اس سے پوچھا کہ وہ خود بتائے کہ اس کو کیا سزا دی جائے۔انوری رشید البیلا کے قدموں پر گر کر رونے لگی اور کہنے لگی۔

''رب سائیں نے تو مجھے پہلے ہی اس گھناؤنے گناہ کی سزا دے دی ہے۔ڈاکٹروں نے جواب دے دیا ہے۔زندگی ختم ہونے کو ہے۔۔۔ تھوڑے ہی دنوں کی باقی ہے۔''

رشید البیلا نے اسے ہلکی سی ایک ٹھوکر ماری اور بولا۔

''گناہگار تو میں بھی ہوں اور تو بھی ہے۔کیونکہ بھیک مانگنے کو پیشہ بنانا بھی اللہ سائیں کے نزدیک گناہِ کبیرہ ہے۔رب سائیں تجھے بھی معاف کرے اور مجھے بھی معاف کرے۔اس کی رحمت بہت بڑی ہے۔لیکن تو نے جو گناہ کیا ہے وہ ناقابلِ معافی گناہ ہے۔تجھے اللہ سائیں نے سزا بھی دے دی ہے۔اب تو جانے اور ربِّ کریم جانے۔میں تجھے اس کے سپرد کرتا ہوں۔اب دفع ہو جا۔میری نماز کا وقت ہو رہا ہے۔

انوری کا بہت علاج ہوا، بہت دوا دارو کی گئی مگر مرض کا پتہ نہ چل سکا۔۔۔اور پھر ایک دن سلیم اپنی محبت کرنے والی ماں سے محروم ہو گیا۔

اب سلیم بڑا ہو چکا تھا اور پکا بھکاری بن چکا تھا۔وہ دن بھر بھیک مانگتا، مارا مارا پھرتا۔واپسی میں کسی سستے سے ہوٹل میں کھانا کھاتا۔گھر آ کر اپنی ماں کو یاد کرتا ہوا سو جاتا۔

''کیا یہاں کوئی مزار ہے جہاں عرس ہو رہا ہے۔؟''

آواز پر اس نے چونک کر دیکھا۔

دبلی پتلی نازک سی لڑکی۔۔۔گورا رنگ، کاجل بھری بڑی بڑی روشن آنکھیں، گھاگرا اور چولی پہنے ہوئے، بڑا سا ڈوپٹہ لپیٹے۔۔۔کچھ پریشان پریشان سی اس کے برابر کھڑی تھی۔

دن ڈھلنے کو تھا، سورج اپنا سفر ختم کر رہا تھا، رات آئی آئی تھی۔ایسے سے کسی جوان لڑکی کا ویران جگہ آ پہنچنا سلیم کے لئے ناقابلِ یقین تھا۔اس نے اپنی آنکھیں ملیں اور لڑکی پر ایک اور نظر ڈالی۔یہ دوسری نظر تو قیامت ڈھا گئی۔سلیم کو ایسا محسوس ہوا جیسے اس کائنات کے آغاز سے ہی وہ لڑکی اس جگہ کھڑی ہے اور شاید سلیم کا انتظار کر رہی ہے۔

''ہاں! بابا زندہ ولی کا مزار ہے یہاں سے تھوڑی دور۔لیکن اتنی شام کو تجھے مزار پر جانے کیا ضرورت پڑ گئی جو رستے سے بھٹک کر ادھر اُدھر پھر رہی ہے۔'' سلیم نے لڑکی سے استفسار کیا۔

لڑکی نے کوئی جواب نہیں دیا اور اپنے دائیں پاؤں کے انگوٹھے سے زمین کریدنے لگی۔

''کیا تو راستہ بھول گئی ہے۔'' سلیم نے اس سے دوبارہ پوچھا

''ہاں۔ہم پنجاب سے آئے ہیں مزار کے پاس ہمارا ڈیرہ ہے۔'' لڑکی نے جواب دیا۔

''چل میں تجھے چھوڑ دیتا ہوں۔اتنی رات تو اکیلے کیسے جائیگی۔'' سلیم نے کہا۔

''لڑکی پیچھے ہٹی اور سر سے پیر تک اسے مشکوک نظروں سے دیکھنے لگی''

''ڈرمت! میں تجھے بحفاظت ڈیرے تک پہنچا دوں گا۔میرے پیچھے پیچھے چلی آ'' سلیم نے ایک مرتبہ پھر سر سے پیر تک اس لڑکی پر نظر ڈالتے ہوئے کہا اور خود تیز تیز چلنے لگا۔

تھوڑی دور چل کر سلیم نے پیچھے مڑ کر دیکھا لڑکی کافی پیچھے تھی۔وہ رک گیا۔لڑکی اس کے قریب آ گئی۔شاید لڑکی نے سلیم کے قریب آنے کی ہمت

جتائی تھی یا پھر شاید اس کا اعتماد سلیم پر بڑھ گیا تھا۔

''تیرا نام کیا ہے۔؟'' سلیم نے لڑکی سے پوچھا۔

''شبنم۔۔اور تیرا۔'' لڑکی نے سلیم کی آنکھوں میں آنکھیں ڈال کر جواب دیا۔

سلیم نے دیکھا لڑکی کی آنکھیں بے انتہا خوبصورت اور بڑی بڑی تھیں۔اس کے کانوں میں لڑکی کی آواز آئی۔

''سلیم۔'' وہ بولا اور پھر چلنے لگا۔

اس کے بعد تمام راستے دونوں بات کرتے رہے۔لڑکی زیادہ بول رہی تھی۔ایسا لگ رہا تھا جیسے لڑکی کا ڈر بالکل ختم ہو گیا تھا۔

'' کہتے ہیں کہ عرس میں بہت لوگ آتے ہیں، بہت خیرات ملتی ہے۔لڑکی معصومیت سے پوچھنے لگی۔

''ہاں یہ بات تو صحیح ہے۔'' سلیم نے جواب دیا۔کچھ دور دونوں اسی طرح ساتھ ساتھ چلتے رہے۔جیسے ہی ایک چھوٹی سی چٹان سے مڑ کر اونچی سی منڈیر پر چڑھے تو شام کے دھندلکوں میں ایک جانب دھوئیں کے مرغولے آسمان کی طرف جاتے نظر آئے۔ایسے مقامات پر دھواں ہی آبادی کی نشاندہی کرتا ہے۔لڑکی نے اپنی بڑی بڑی آنکھیں پھاڑ کر خوشی سے کہا

''وہ رہا ہمارا ڈیرہ۔'' کچھ ہی دیر بعد دونوں ڈیرے کے قریب پہنچ گئے۔سلیم ایک جگہ کھڑا رہ گیا، شبنم تیز تیز ڈیرے کی طرف بڑھ گئی۔

واپسی پر سارے راستے سلیم شبنم کے متعلق سوچتا رہا۔

دوسرے دن سلیم کی زندگی کے معمولات میں وہ جہاں بھی رہا اور جو کچھ بھی کرتا رہا کل والی لڑکی کی پرچھائیں اس کے آس پاس موجود رہی۔اور خاص طور پر اس لڑکی کی بڑی بڑی روشن آنکھیں۔شام کے وقت جب وہ اپنی جھگی کی طرف لوٹ رہا تھا تو اسے شبنم نظر آئی شبنم کا نظر آنا اس کے لئے خلاف توقع تھا اس کو ایسا لگا جیسے کوئی قیمتی چیز جو گم ہو گئی تھی مل گئی۔شبنم سلیم کو دیکھ کر خود اس کے پاس آئی اور ہنستے ہوئے بولی'' آج میں راستہ نہیں بھولی ہوں۔۔۔تجھ سے ملنے آئی ہوں۔''

وہ دونوں اسی اکناف میں بھٹکتے پھرے، شبنم مسلسل بولتی رہی اور سلیم سنتا رہا۔ایسا لگتا تھا کہ شبنم اپنی پوری زندگی کی روداد سلیم کو سنا دینا چاہتی ہے۔شام تیزی سے رات کی طرف جانے لگی۔شبنم کو اس کا احساس بھی نہیں ہوا۔سلیم نے شبنم کو یہ احساس دلایا اور بولا۔

''اب تُو اپنے ڈیرے جا۔رات آپڑی ہے۔''

شبنم کو جیسے احساس ہو گیا وہ جانے کے لئے کھڑی ہو گئی۔جاتے جاتے اس نے سلیم کو مڑ کر دیکھا۔سلیم بت بنا اپنی جگہ کھڑا اس کو جاتے ہوئے دیکھ رہا تھا۔

''کل شام اسی وقت،اسی جگہ۔'' شبنم کی آواز سلیم کے کانوں تک پہنچی۔

اب تو ان کا روز کا معمول ہو گیا تھا کہ دونوں مزار پر ملتے اور ایسی جگہ بیٹھتے جہاں لوگوں کی نظروں میں آنے کا کم سے کم امکان ہوتا۔دیر تک آپس میں باتیں کرتے۔۔۔کیا باتیں کرتے یہ ان سے پوچھا جاتا تو ان کے پاس کوئی جواب نہیں ہو سکتا تھا۔کبھی وہ کھانے کیلئے کچھ لیتا آتا اور دونوں ساتھ بیٹھ کر کھاتے۔واپسی میں سلیم اپنی جھونپڑی میں آکر لیٹ جاتا اور اس کا خیال کرتا ہوا سو جاتا۔سلیم ماں کے جانے کے بعد بالکل تنہا ہو گیا تھا۔شبنم کے آنے سے اس کی زندگی میں رونق آگئی تھی۔

ایک دن شبنم اس سے ملنے آئی تو اس کے چہرے کا رنگ بدلا ہوا تھا۔سلیم نے دیکھتے ہی اس تبدیلی کو محسوس کر لیا اور پوچھا۔

''کیا بات ہے شبنم! آج ڈیرے میں ایسی بات ہو گئی جس کا خیال تو دل سے نکال نہیں پا رہی ہے۔

''چار دن بعد ہمارا یہاں سے کوچ ہے۔'' شبنم اداس لہجے میں بولی۔

''بابا نے یہ بھی تو بتایا ہوگا کہ ڈیرے کو یہاں سے بڑھا کر کہاں لے جائیں گے۔'' سلیم نے پوچھا

''پنجاب ہی واپسی ہو سکتی ہے زیادہ امکان ملتان کا ہے۔'' میں نے ٹھیک سے سنا نہیں۔

''سلیم میں تیرے بغیر نہیں رہ سکتی۔'' شبنم روتے ہوئے بولی

''میں بھی تیرے بنا نہیں رہ سکتا۔تجھے پتہ ہے تیرے جانے کے بعد سے ہی میں تیرا انتظار شروع کر دیتا ہوں۔میں تجھے نہیں جانے دوں گا۔سلیم نے اس کا ہاتھ اپنے ہاتھ میں لیتے ہوئے بڑے اعتماد سے کہا۔

''وہ کیسے!''۔اس نے حیران ہوتے ہوئے پوچھا۔

''وہ ایسے کہ میں کل ڈیرے پر آؤں گا اور تیرے بابا سے تجھے مانگ لوں گا۔''

''سچ'' وہ خوشی سے اچھل پڑی۔پھر بولی'' سچ کہہ رہا ہے تو ڈیرے پر آئے گا۔''

دوسرے دن سلیم رشید البیلا کے اڈے سے سیدھا شبنم کے ڈیرے پر پہنچا اس کے باپ سے اس کا ہاتھ مانگنے۔

شبنم مزار کے پاس کھڑی اس کی واپسی کا انتظار کر رہی تھی۔اس کو دیکھ کر اس کی طرف آئی اور بولی'' کیا کہا بابا نے''

''ایک ہزار مانگے ہیں اور ایک مہینے کا وقت دیا ہے۔'' سلیم بولا

''تو کیا بابا میرا سودا کر رہا ہے۔؟'' شبنم غصے سے بولی

''نہیں! شاید وہ دیکھنا چاہتے ہیں کہ میں تجھے خوش رکھ سکتا ہوں یا نہیں''۔

''مگر ڈیرہ تو چار دن کے بعد جا رہا ہے تجھے ایک مہینے کا وقت کیسے دیا ہے۔''

''تیرے بابا نے مجھے پتہ دیا ہے۔'' اس نے کاغذ دکھاتے ہوئے کہا۔

"میں ایک ایک پل تیرا انتظار کروں گی۔" اس کی خوبصورت آنکھوں سے آنسو بہہ نکلے۔

شبنم پہلی بار اپنے بابا کے سامنے جاتے ہوئے شرما رہی تھی۔ بابا ہی اس کا سب کچھ تھا۔ ماں کے مرنے کے بعد اس نے شادی نہیں کی تھی۔ بابا کو اکیلا دیکھ کر اس نے کچھ کہنا چاہا تو بابا اس کے سر پر ہاتھ رکھ کر بولا "تجھے کچھ کہنے کی ضرورت نہیں ہے وہ سلیم چھورے نے سب کچھ بتا دیا ہے۔ دیکھ بیٹا میری بات سن لڑکا مجھے اچھا معلوم ہوتا ہے لیکن وہ ہماری برادری کا نہیں ہے۔ ہم پہلے بنجا رے ہیں بعد میں گداگر۔ سلیم اور اس کے لوگ شہر کے رہنے والے ہیں اور ایک ہی ٹھکانے والے ہیں ان کا ہمارا کیا جوڑ۔"

اتنا سنتے ہی شبنم نے رونا شروع کر دیا اور تھوڑے ہی دیر میں سسکیاں لینے لگی۔ بابا نے ٹھوڑی پکڑ کر اس کے چہرے کو اوپر اٹھایا اور بولا "میں نے یہ کب کہا کہ میں تم دونوں کو ایک نہیں ہونے دوں گا۔ جا! اسے بتا دے جیسا میں نے کہا ہے ویسے ہی کرے۔ مگر یاد رکھ اپنی لاج کی حفاظت کرنا۔"

"دوسرے دن وہ سلیم سے ملنے گئی اور اس نے بابا کے ساتھ جو بھی بات ہوئی تھی وہ سب بتا دی۔ وہ بہت خوش تھی۔

"ایک مہینے میں ایک ہزار میں کیسے جمع کر پاؤں گا۔۔۔ اگر رشید البیلا کو کم دوں گا تو وہ مجھ پر شک کرنے لگے گا۔" وہ فکر مند تھا اور سوچ رہا تھا کہ کیا کرے۔۔۔

سلیم دن میں بھیک مانگ کر پیسے رشید البیلا کو دیتا۔ جو پیسے رشید البیلا اسے دیتا اس میں سے زیادہ سے زیادہ بچانے کی کوشش کرتا اور رات کو بہت کم سوتا، رونق والے اڈوں پر اپنے آپ کو چھپا کر بھیک مانگتا۔۔۔ اسے یہ بھی ڈر تھا کہیں رشید البیلا کو اس کی خبر نہ ہو جائے۔

ایک مہینے میں ابھی چار دن باقی تھے۔ اس نے چٹائی کے نیچے زمین میں گاڑے ہوئے ڈبے کو کھود کر نکالا۔ اور پیسے گننے لگا۔

"ایک ہزار چھ۔" وہ خوشی سے اچھل پڑا۔ پیسے ڈبے میں ڈال کر اس کو اچھی طرح بند کیا اور گڈھے میں دبا کر اوپر سے چٹائی بچھا دی۔ اس دن وہ رشید البیلا کو اپنی دن بھر کی کمائی دینے کے بعد بولا۔

"دادا! دو دن کی چھٹی چاہیئے۔"

"دو دن کی کمائی کا کیا ہوگا۔" رشید البیلا بولا

"میں پوری کر دوں گا۔" سلیم بولا۔

رشید البیلا جانتا تھا سلیم کے لئے یہ مشکل کام نہیں ہے۔ اس نے چھٹی دے دی۔

دوسرے دن اس نے ٹرین پکڑی اور شبنم کے باپ کے دیئے ہوئے پتے پر روانہ ہو گیا۔ راستے بھر وہ شبنم کے ساتھ زندگی گزارنے کے خوبصورت سپنے دیکھتا رہا۔ اسٹیشن پر اتر کر وہ بتائے ہوئے پتے پر خانہ بدوشوں کے ڈیرے کی طرف چلا۔ وہاں تو میدان خالی تھا البتہ ڈیروں کے اکھاڑنے کے نشانات جگہ جگہ موجود تھے۔

"ابھی تو شبنم کے باپ کی دی ہوئی تاریخ کے مطابق دو دن باقی ہیں۔ شاید میں غلط جگہ آ گیا ہوں۔" اس نے سوچا۔ سامنے اسے ایک دھابہ نظر آیا اور اس کے ساتھ پان کی دکان۔ وہاں جا کر معلوم کیا "پتہ تو صحیح ہے۔ کل ہی ان لوگوں نے یہاں سے ڈیرے اٹھائے ہیں۔" پان کی دکان کے مالک نے کہا۔

"کہاں گئے ہیں کچھ معلوم ہے۔" سلیم نے پوچھا۔

"یہ تو آزاد پنچھی ہیں آج یہاں تو کل وہاں۔ دکان کا مالک ہنستے ہوئے بولا۔ کل ان کے ڈیرے پر ایک لڑکی کی شادی بھی ہوئی تھی صبح شادی ہوئی دوپہر تک سب چلے گئے۔

وہ اجڑے ہوئے میدان کی طرف چلا، اس کی دنیا اجڑ چکی تھی، اس کا دل بیٹھا جا رہا تھا۔ اس نے تھیلی میں رکھے ہوئے سارے پیسے ہوا میں اڑا دیئے۔ اور خود زمین پر بیٹھ کر زور زور سے رونے لگا۔

اچانک اپنے کاندھے پر کسی کا ہاتھ محسوس کر کے وہ پلٹا، دیکھا تو شبنم کھڑی تھی۔ وہ روتے ہوئے بولی "ہمیں جلد از جلد ایسی جگہ چلنا چاہئے جہاں وہ ہمیں ڈھونڈ نہ سکیں۔۔۔ پھر بولی تجھ سے تو ایک ہزار کا معاملہ طے کیا تھا۔ باہر سے آ کر ایک آدمی نے بابا کو پانچ ہزار دیئے تو بابا نے فوراً میری شادی اس سے کر دی اور خود ڈیرے سمیت کہیں اور چلا گیا۔۔۔ مجھے بھی نہیں بتایا۔۔۔ میں اس آدمی کے پاس سے بھاگ کر آئی ہوں۔ مجھے یقین تھا تو ضرور آئے گا۔" شبنم ایک ہی سانس میں جلدی جلدی بول گئی۔

"وہ آدمی جس سے تیرے بابا نے پیسے لئے وہ اور اس کے آدمی تجھے تلاش کر رہے ہوں گے۔" سلیم نے کہا۔

"ہاں! اگر بابا کو پتہ چل گیا تو اس کے آدمی بھی مجھے ڈھونڈ رہے ہوں گے۔" شبنم بولی۔

"اور اگر میں دو دن میں واپس نہیں پہنچا تو رشید البیلا کے لوگ میری تلاش شروع کر دینگے۔ اور شاید پولیس بھی۔۔۔ سلیم کو خود اپنی آواز دور سے آتی ہوئی محسوس ہوئی۔

اس نے جلدی جلدی بکھرے ہوئے پیسوں کو سمیٹا اور شبنم کو ساتھ لے کر ایک سمت چل پڑا۔ شبنم نے اپنے آپ کو ایک بڑی سی رلی میں لپیٹا ہوا تھا۔ اور ہاتھ میں ایک لاٹھی سی تھی اور اس طرح چل رہی تھی جیسے بوڑھی ہو۔ سلیم بس کے اڈے اور اسٹیشن کا رخ بھی نہیں کرنا چاہتا تھا۔ وہاں ان دونوں کا پکڑا جانا یقینی تھا۔

رات بھر وہ دونوں چلتے رہے۔ صبح کی روشنی کی پہلی کرن کے ساتھ وہ ایک چٹان کے سہارے گھنی جھاڑیوں کے درمیان چھپ کر بیٹھ گئے۔ دن میں وہ چھپتے چھپاتے رہتے۔۔۔ اور رات بھر چلتے رہتے۔۔۔ شاید آج بھی چل رہے ہونگے۔

''خلیج سے واپسی''

تشنہ بریلوی

(کراچی)

تقریباً تیس سال پرانی یہ ہمارے ماموں جمیل کی کہانی ہے جنہیں جمی یا جم بھی کہا جاتا تھا۔ ہماری امّی کے اکلوتے بھائی اور چھوٹے۔

ماموں جمیل ایک عجیب شخصیت رکھتے تھے۔شکل وصورت میں دلکش اور دل آویز، تندرست اور اسمارٹ۔ بات چیت میں بھی اچھے، خوش مزاج اور ہنس مکھ۔لیکن بیحد موڈی اور جلد باز۔کوئی کام وہ جم کے نہیں کر سکتے تھے۔ ہمارے نانا، نانی نے اُن کی بڑے ناز ونعم سے پرورش کی تھی۔اِس طرح وہ بچپن سے ہی لاڈلے بن گئے تھے اور اسی لیے صحیح تعلیم بھی حاصل نہ کر پائے۔بس مزے کرتے رہے۔نانی نانا کے انتقال کے بعد بڑی بہن نے بھی ان کا اُسی طرح خیال رکھا اور انہیں اپنے گھر کا فرد گردانا۔انہوں نے ایک ''پیڈ'' کہیں کرایہ پر لے رکھا تھا لیکن وہ زیادہ وقت ہمارے یہاں ہی گذارتے تھے۔

ہماری امّی بھی اُن کی اکلوتی بہن تھیں اس لیے ماموں جمیل انہیں بہت اہمیت دیتے تھے۔ظاہر ہے کہ امّی تو اپنے چھوٹے بھائی پر فدا تھیں۔ماموں جمیل ہمیں یعنی اپنے بھانجوں بھانجیوں کو بھی بہت چاہتے تھے۔ہم سب بھی ان سے بہت فری تھے۔وہ ہمیں لطیفے اور کہانیاں سناتے۔ ہمارے ساتھ کھیلتے اور ٹافیوں اور کھلونوں سے ہمیں خوش رکھتے۔مختصراً ماموں جمیل ایک بہت پیار کرنے والے ماموں کی بہترین مثال تھے۔

لیکن ہمارے والد (جنھیں ہم ڈیڈی یا ڈیڈ کہتے) ایک بالکل مختلف انداز رکھتے تھے۔وہ سو فیصد عملی آدمی تھے اور اپنے سالے بہادر کے طور طریقوں سے ہرگز مطمئن نہیں تھے۔''یہ بندہ میری سمجھ میں نہیں آتا۔'' وہ اکثر کہا کرتے۔ اور واقعی ماموں جمیل کیونکر ان کی سمجھ میں آتے۔ڈیڈ نے سخت محنت سے اپنا راستہ بنایا تھا۔کامیابی یا ''آمدنی'' ان کا پیمانہ تھا جس سے وہ ہر ایک کو ناپتے تھے۔ ''تمہاری ساکھ یا مارکیٹ ویلیو کیا ہے؟'' یہ سوال ان کی زبان پر تو نہیں لیکن ان کے دماغ میں ہر ایک کے بارے میں موجود رہتا تھا۔ماموں جمیل اس معاملے میں بالکل کورے تھے۔ان کی نہ تو کوئی ساکھ تھی اور نہ کوئی معقول ذریعہ آمدنی۔ کبھی یہ سروس کبھی وہ جاب کبھی یہاں کبھی وہاں۔ڈیڈ جو ہر آدمی کو اس کی نیٹ ورتھ Net Worth کی بنیاد پر پرکھتے تھے ماموں جمیل سے خوش نہیں تھے۔اگرچہ ڈیڈ نے کبھی اپنی ناراضگی کا اظہار نہیں کیا مگر ماموں جمیل ان کے خیالات سے واقف تھے۔وہ اپنے بہنوئی کو راضی رکھنا چاہتے تھے اس لیے ان کی بہن اپنے شوہر سے بہت خوش تھیں، مگر کیسے کرتے؟ دونوں کے درمیان بہت فاصلے تھے۔اکثر ایسا ہوا کہ ماموں جمیل اپنے بھانجوں بھانجیوں کے جھرمٹ میں بیٹھے ہمارے ساتھ کھیل رہے ہیں یا مزے مزے کی باتیں کر رہے ہیں کہ اچانک ڈیڈی بھی نمودار ہو جاتے ہیں۔فضا ایک دم یخ بستہ ہو جاتی ہے۔ہنسی مذاق، ہلاّ گلاّ ختم۔سب مجرموں کی طرح خاموش۔ماموں جمیل سر جھکائے دو انگلیاں اٹھا کر ہلکے سے پھنکارتے ''سلاں'' جواب میں ڈیڈ انہیں گھورتے ہوئے کہتے ''ساں'' یہ سالے بہنوئی کا مختصر ترین ''سلام علیکم'' ہوتا تھا اور فوراً ہی ماموں جمیل غائب ہو جاتے تھے۔ہم بچے ایسے موقعوں پر بہت بد مزہ ہوا کرتے۔

بالآخر ہماری امی نے ''کچھ'' کرنے کا فیصلہ کر ہی لیا۔وہ اپنے پیارے بھائی کی طرف سے خاصی فکر مند تھیں۔ ہر بہن کی طرح وہ بھی چاہتی تھیں کہ اُن کا بھائی وقت ضائع نہ کرے اور کامیاب اور خوشحال زندگی گزارے۔امّی جان بہت خوش مزاج اور ہنس مکھ تھیں، سختی ان کی طبیعت میں بالکل نہیں تھی۔انہوں نے ہمیں بھی کبھی ڈانٹا نہیں تھا، مارنا تو در کنار۔لیکن اب انہوں نے محسوس کیا کہ 'رویہ' تبدیل کرنا پڑے گا۔لہٰذا ایک دن امّی نے ماموں جمیل کو گھیر لیا اور آڑے ہاتھوں لیا۔ماموں جمیل گھبرا گئے۔انہیں اپنی ''سویٹ سسٹر'' سے اس قسم کے رویّے کی قطعاً توقع نہیں تھی۔مسکرا کر انہوں نے بات کو ہنسی مذاق میں ٹالنے کی کوشش کی اور کہا ''آپ خوامخواہ پریشان ہو رہی ہیں سب کچھ تو ٹھیک ہے شاید آپ بھائی جان (یعنی ان کے بہنوئی) کے ''نظریات'' سے کچھ زیادہ ہی متاثر ہو رہی ہیں۔''

لیکن ماموں جمیل کو جلد ہی معلوم ہو گیا کہ ان پر دل نچھاور کرنے والی پیاری بہن ایک نرم مزاج خاتون ہونے کے ساتھ ساتھ ایک سخت ''سارجنٹ'' بننے کی صلاحیت بھی رکھتی تھی۔امّی کے کردار کا یہ بارعب پہلو جب ان کے سامنے آیا تو ماموں جمیل بوکھلا گئے۔اپنے گھنگھریالے بالوں والے بھائی پر سو جان سے فدا ہونے والی بڑی بہن اب کوئی رعایت دینے کو تیار نہیں تھی۔

''تم نے بہت وقت ضائع کیا ہے جمی''امی جان نے کڑک دار لہجے میں کہا''اب میں تمہیں کامیاب دیکھنا چاہتی ہوں۔تمام فضولیات چھوڑ دو۔''

ماموں جمیل نے سر جھکا کر اپنی بڑی بہن سے وعدہ کیا کہ وہ خود کو مکمل طور پر تبدیل کر لیں گے۔اور سِسّی کو خوش کر دیں گے۔

ماموں جمیل میں واقعی تبدیلی آ گئی۔وہ سنجیدہ ہو گئے اور چند ہی دن میں ہمیں خوشخبری سنائی کہ انہیں ایک بہت اچھا مستقل جاب مل گیا ہے۔وہ روزانہ اپنے نئے دفتر میں جانے لگے۔ہم سب بہت خوش ہوئے اور امّی جان کی خوشی کی تو کوئی حد نہیں تھی۔

چند ماہ تک یہ سلسلہ جاری رہا۔''اب جمی بالکل بدل گیا ہے۔''امّی جان نے کئی بار مسکراتے ہوئے کہا''اور اب وہ ایک ذمہ دار شخص بن گیا ہے۔''

لفظ ''ذمہ دار'' میں بہت کچھ شامل تھا۔

پھر ایک دن وہ مزید خوش خبری لے کر آئے۔ انہوں نے بتایا کہ اُن کے باس اُن کے کام سے اتنے خوش ہوئے ہیں کہ انہوں نے ماموں جمیل کو ابوظہبی میں اپنی برانچ میں بھیجنے کا فیصلہ کرلیا ہے زیادہ بڑے عہدے پر۔ ''سسی! یہ میرے لیے ایک زبردست 'بریک' ہے۔'' ماموں جمیل نے خوشی سے کھلکھلاتے ہوئے کہا۔ ''اب میں یقیناً گولڈن گلف میں بہت پیسہ کما سکوں گا۔''

''اور بہت پیسہ بچا بھی سکوں گا۔ یہ بھی کہو'' مسرور مگر ہوشمند بہن نے قیمتی مشورہ دیا۔

''کیوں نہیں'' ماموں جمیل نے فوراً کہا ''اچھی تنخواہ' رہائش فری' ٹرانسپورٹ فری' میں یقیناً اپنا ''پیکٹ'' بہت جلد تیار کرلوں گا۔ کم از کم ایک لاکھ بلکہ شاید ڈیڑھ لاکھ روپے ماہانہ بچا بھی سکوں گا۔''

یہ سنتے ہی محبت کا فوارہ بڑی بہن کے دل میں پھوٹا اپنے ملینز پیارے بھائی کے لیے ''لیکن جمی ڈیر'' انہوں نے واری صدقے ہوتے ہوئے کہا ''تو اتنی دور چلا جائے گا میں ہر لمحہ تیری یاد میں تڑپوں گی۔''

اور جمی نے سسی کو تسلی دیتے ہوئے فوراً ہی کہا ''آپ فکر نہ کریں سِسں۔ گلف کوئی زیادہ دور تو نہیں ہے میں ہر دوسرے مہینہ پاکستان آ سکتا ہوں۔''

جذبات پر قابو پاتے ہوئے سمجھدار بہن نے تقریباً ڈپٹتے ہوئے کہا ''جمی تم ایسا ہرگز نہیں کرو گے اور ایک ایک پائی بچاؤ گے۔ دو سال سے پہلے اپنی جگہ سے ہلنے کی کوشش بھی نہ کرنا۔ سمجھے!''

دو ہفتہ کے اندر ماموں جمیل گولڈن گلف کی طرف پرواز کر گئے۔ ہم بچے سب اداس تھے لیکن امی جان بہت خوش اور پر امید تھیں۔

''میری دعائیں آخر قبول ہوئیں۔'' انہوں نے ڈیڈ سے کہا ''کیا سنہری موقع جمی کو ملا ہے۔ ذرا سوچو UAE میں اچھا جاب تو یورپ اور امریکہ سے بھی بہتر ہے۔ واہ رے میرے بھائی کی قسمت۔''

ڈیڈ ابھی ہار ماننے کو تیار نہیں تھے مگر وہ بھی اندر اندر مرعوب تھے۔ انہوں نے صرف اتنا کہا ''ٹھیک ہے امید رکھو مگر ابھی تو آغاز ہے۔''

پھر ماموں جمیل کے خط اور خوبصورت رنگین پوسٹ کارڈ آنا شروع ہوگئے۔ معلوم ہوتا تھا کہ وہ اپنے جاب سے بہت خوش ہیں اور خلیج میں مزے کر رہے ہیں۔ چند ماہ تک یہ سلسلہ جاری رہا۔ پھر یہ مراسلے آنا کم ہوگئے اور ایک آدھ ایروگرام تک محدود ہوگئے۔ یہ صورت بھی پانچ چھ ماہ جاری رہی اس کے بعد سناٹا۔ نہ کوئی خط نہ ایروگرام نہ کوئی فون۔ ڈیڈ بھی پریشان ہوگئے انہوں نے اپنے دوستوں کے ذریعے ماموں کا کھوج لگانے کی کوشش کی مگر ناکام رہے۔

''ایسا تو ہوتا رہتا ہے۔'' امی جان نے دانشمندی کا سہارا لے کر ''وضاحت'' کرنا چاہی۔ ''وہاں غیر سرزمین میں جاب کے سلسلے میں لوگوں کو بہت دور ریگستانوں میں بھی 'اسائن' کردیا جاتا ہے۔ ان کا ساری دنیا سے رابطہ کٹ جاتا ہے اور وہ سب مشین بن جاتے ہیں کمانے کی مشین۔ انتظار کرو کسی بھی وقت میرے بھائی کا خط آ سکتا ہے۔'' امی اپنی اس وضاحت کے ذریعہ ہم سب سے زیادہ خود اپنے آپ کو تسلی دے رہی تھیں۔

لیکن امّی کی امیدیں پوری نہیں ہوئیں۔ مہینے سالوں میں بدل گئے۔ کوئی خط نہیں کوئی فون نہیں۔ رفتہ رفتہ ہم بچے ماموں جمیل کو تقریباً بھول گئے۔ ایک بہت پرانی کہانی بن کر وہ الف لیلیٰ اور چہار درویش کی داستانوں کا حصہ بن گئے۔ البتہ امّی کی آنکھیں اپنے چہیتے بھائی کی یاد میں اکثر ڈبڈبا جاتیں۔ ''جمی وہاں کیا کر رہا ہے۔'' وہ آہِ سرد بھر کر کہتیں ''وہ خط کیوں نہیں لکھتا۔ اسے کیا ہوگیا ہے۔ وہ زندہ بھی ہے یا نہیں؟''

پھر ایک دن سورج مغرب سے نکل آیا۔ ماموں جمیل کا ایک خط موصول ہوا۔ امّی خوشی سے پھولی نہیں سما رہی تھیں اور ڈیڈ بھی مسکرا رہے تھے۔ ''اچھا تو انکل جمی زندہ ہیں۔'' ہم سب نے اطمینان کا سانس لیا۔ اتنے عرصے کے بعد آنے کے باوجود ان کا ایروگرام ایک ٹیلی گرام ہی تھا۔ انہوں نے فلائٹ نمبر اور دن کے ساتھ صرف یہ لکھا تھا کہ ''میں پاکستان واپس آ رہا ہوں مستقلاً۔''

''میرا پیارا جمی واپس آ رہا ہے۔ چار سال بعد۔'' امّی کھلکھلا رہی تھیں بچوں کی طرح۔ ''اس نے وہاں سخت محنت کی ہوگی۔ رات دن ایک کر دیا ہوگا۔ اب بالآخر وہ کامیاب واپس آ رہا ہے۔ اپنے ''پیکیٹ'' کے ساتھ جسے وہ کسی شاندار منصوبے میں لگا کر عیش کی زندگی گزارے گا۔''

ڈیڈی نہیں چاہتے تھے کہ بچے بھی ایئر پورٹ جائیں لیکن امّی نے زور دے کر کہا ''جمی کا بہترین استقبال ہونا چاہیے ہم سب کا ائیر پورٹ جانا ضروری ہے تاکہ وہ خوش ہوجائے اور محسوس کرے کہ یہاں سب نے اسے کس طرح مِس کیا ہے اور اب اس کی واپسی پر کس قدر خوش ہیں۔'' ظاہر ہے کہ ہم بچے' جواب کچھ بڑے ہوگئے تھے ائیر پورٹ جانے کے لیے بے قرار تھے ہی۔

ہر بڑے شہر کا ائیر پورٹ ایک تماشا' ایک میلہ ہوتا ہے۔ انٹرنیشنل ارادیل لاؤنج میں بہت بھیڑ تھی۔ جیٹ ایج کی بھیڑ میدانِ حشر کا سا نقشہ انسانوں کی ریل پیل تیز قدم لوگ' رنگ برنگ لباس۔ ہر انداز کے چہرے۔ بیشتر لوگ اپنے عزیزوں' دوستوں اور پیاروں کو 'ریسیو' کرنے آئے تھے جو غیر ممالک سے پلٹ رہے تھے امیر اور خوش حال مغربی ممالک سے یا دولت مند اور فیاض خلیجی ریاستوں سے۔ ایک فیملی کے سب لوگ ملے جلے کھڑے تھے' ماں باپ' بھائی بہن' اس سنہری امید کے ساتھ کہ خاندان کی دولت میں جلد ہی مزید چمک دمک آ جائے گی۔ لمبی لمبی ٹانگوں والے ٹین ایج لڑکوں کے گال خوشی سے تمتما رہے تھے۔ وہیل چیئر پر بیٹھی نانیاں' دادیاں بھی موجود تھیں جنہیں صحت مند اور فرماں بردار پوتیاں نواسیاں بڑی محبت اور مستعدی کے ساتھ سنبھالے ہوئے

تھیں۔ ہر ایک کی آنکھ آنے والے مسافروں پر لگی تھی۔ برسوں بعد بیٹے' بھائی' چچا ماموں کو پہچان لینے پر فاتحانہ نعرہ بلند ہوتا۔

ہم بچوں کو ماموں کی شکل بھی ٹھیک سے یاد نہیں رہی تھی اور چار سال میں تو بہت کچھ بدل جاتا ہے۔ لہٰذا ہمارے لیے مشکل تھا کہ اس انبوہ میں ان کا چہرہ پہچان سکیں لیکن پھر بھی بڑی بے تابی سے ہم آنکھیں پھاڑ کر ہر ایک کو تک رہے تھے اور ایک آدھ بار تو ہمیں کسی پر ماموں جمیل کا دھوکہ ہو بھی گیا۔ امّی جان اپنی گردن پر ہاتھ رکھے پوری توجہ سے چہرہ شناسی کر رہی تھیں۔ پھر اچانک ان کی آنکھیں باریک ہو گئیں اور سانس رک گئی۔

ان کی نظر ایک مسافر پر جمی ہوئی تھی۔ یہ ایک بہت خوش پوش سوٹڈ بوٹڈ اور باوقار شخص نظر آ رہا جس کی گردن میں دو ٹریول بیگ جھول رہے تھے اور وہ ایک ٹرالی میں تین بڑے قیمتی سوٹ کیس رکھے اور ایک ہولڈال لیے آگے بڑھ رہا تھا۔

''یہ تو جمی ہے۔'' امّی خوشی سے چیخ پڑیں ''جمی جمی۔''

''جمیل ماموں۔ انکل جمیل'' ہم سب ہاتھ ہلاتے ہوئے ''کورس'' میں چلّائے۔

مسافر نے ہماری طرف دیکھا اور ''سِسّی'' کا نعرہ مارتا ہوا ہماری طرف لپکا۔

بوسوں اور معانقوں کا تبادلہ ہوا اور دیارِ غیر سے واپس آنے والے عزیز کا نہایت گرمجوشی سے استقبال کیا گیا۔

جمیل ماموں نے دو منٹ کی مہلت چاہی اور اپنے ساتھ ہی آنے والے ایک مسافر کے پاس گئے۔ یہ ایک صحت مند شخص تھا' جمیل ماموں کا ہم عمر۔ اس کے جسم پر ایک معمولی سا سوٹ تھا۔ ہاتھ میں ایک پرانا بریف کیس اور ایک عام سا ہینڈ بیگ۔ دونوں نے سر جھکائے ہوئے سرگوشی میں جلدی جلدی کچھ بات کی۔ مسکرائے بغیر ہاتھ ملایا اور ماموں واپس ہماری طرف آ گئے۔

ائیر پورٹ سے روانگی پر ہم نے ماموں جمیل پر سوالات کی بوچھار کر دی کہ وہاں کیسا وقت گذرا کہاں کہاں رہے کیا کیا کرتے رہے۔ ان کے جاب وغیرہ کے بارے میں آڑے ترچھے سوالات۔ امّی جان مالکانہ اور قابضانہ انداز سے اپنے دُلارے بھائی کو فخر و انبساط کے ساتھ دیکھ رہی تھیں اور ایک آدھ سوال خود بھی پوچھ لیتیں لیکن ساتھ ہی ساتھ ہم سب کو ڈانٹ بھی رہی تھیں کہ ماموں کے پیچھے نہ پڑو۔ ''بیچارہ سخت محنت کے بعد تھکا ہوا واپس آیا ہے۔ گلف کی نوکری کوئی مذاق نہیں ہوتی۔ جب وہ پیسے بہت دیتے ہیں تو کام بھی بہت لیتے ہیں۔'' صرف ڈیڈی جو وین چلا رہے تھے خاموش رہے اور ایک آدھ مسکراہٹ سے آگے نہیں بڑھے۔

گھر پہونچتے ہی ہم سب ڈرائنگ روم میں براجمان ہو گئے۔ جمیل ماموں کا سامان یعنی بڑے بڑے بارعب سوٹ کیس' موٹا ہولڈال اور رنگ برنگے ٹریول بیگ فرش پر یہاں سے وہاں تک پھیلے ہوئے ''دعوتِ نظر'' دے رہے تھے اور گلف کی چمک دمک اور طلسماتی لگژری کی نمائندگی کر رہے تھے ''کیا کچھ نہیں بھرا ہوگا ان میں'' ہم سب سوچ رہے تھے ''سونے اور چاندی کی اشیا' ریشمی ساریاں' قیمتی گھڑیاں' ٹائیاں' اسکارف' رومال' کھلونے' پرس' ٹافیاں' گاگلز' فوئنٹن پین' قمیصیں' جینز' سینڈل' چپل' کاسمیٹکس' فرنچ پرفیوم' کیمرے' الیکٹرونک سامان' لیپ ٹاپ بھی اور کچھ بہت ہی بڑھیا نئی نئی چیزیں یعنی گلف میں الہٰ دین کے غار سے آنے والے ہیرے جواہرات۔''

گفتگو ہوتی رہی لیکن ہم بچّے بے تابی کے ساتھ اس انتظار میں تھے کہ ماموں جمیل باتیں چھوڑ کر ہماری طرف متوجہ ہوں۔ اپنی نظریں ہم سب پر جمادیں اور مسکراتے ہوئے کہیں ''اچھا تو بچو۔ اب تم اپنا دوبارہ تعارف کراؤ۔ میں تم سب کے لیے کچھ نہ کچھ لایا ہوں۔'' لیکن ماموں جان تو بت بنے ہوئے تھے۔ بے چینی سے ادھر اُدھر نظر ڈال رہے تھے' آنکھیں ملانے سے گریز کر رہے تھے اور امّی اور ڈیڈی سے بھی بے دلی کے ساتھ بات کر رہے تھے۔

بالآخر امّی نے اپنے بھائی کی اس کیفیت کو سفر کی تھکن گردانتے ہوئے کہا ''جمی ڈیئر تم بہت تھکے ہوئے معلوم ہوتے ہو۔ تھوڑا آرام کر لو۔ سوٹ اتار کر کرتا پاجامہ پہن لو اور برابر والے کمرے میں بستر پر لیٹ جاؤ۔ اور ہم تمہارا یہ سامان بیڈ روم میں شفٹ کر دیتے ہیں۔'' ''آدھے گھنٹے بعد ڈنر تیار ہوگا۔''

''اوہ نو نو سسی'' ماموں جمیل نے فوراً کہا ''میں بالکل ٹھیک ہوں۔ میں کچھ دیر یہاں بیٹھوں گا اور کوئی چیز یہاں سے نہیں ہٹے گی۔ اگر ایک کپ چائے مل جائے تو اچھا ہے'' اور واقعی ماموں جمیل اسی طرح ڈرائنگ روم میں بیٹھے رہے کسی اجنبی مہمان کی طرح۔ ہم سب حیران پریشان تھے کہ یہ کیا ہو رہا ہے۔ پھر فوراً ہی ایک ''خیال'' ایک چونکا دینے والے ''خیال'' شاید ہم سب کے دماغ میں ایک ساتھ طلوع ہوا۔ ''ایسا لگتا ہے کہ ماموں جمیل ہمارے ساتھ رہنا نہیں چاہتے۔ چند روز کے لیے بھی نہیں۔ وہ شاید ''اپنے'' گھر میں جانا چاہتے ہیں اپنے ''شاندار وِلا'' میں جو انہوں نے یقیناً اس شہر میں خرید لیا ہے اور چونکہ اب وہ ایک ''خلیجی سیٹھ'' بن چکے ہیں اور کروڑوں میں کھیل رہے ہیں اس لیے وہ ہمیں یعنی اپنے ''غریب'' رشتے داروں کو کمتر سمجھتے ہوں گے۔''

ایک گھنٹہ اسی کشمکش میں گذر گیا۔ کچھ چائے پانی ہوا پھر ماموں جمیل واش روم گئے اور واپس آ کر اسی طرح صوفے پر تنے ہوئے بیٹھے رہے۔ چپ چاپ' اِدھر اُدھر نظریں گھماتے ہوئے۔

دروازے کی گھنٹی بجی۔ ایک دم زور سے ماموں اچھل پڑے جیسے انہیں کرنٹ لگ گیا ہو۔ معلوم ہوتا تھا کہ وہ اپنے سوٹ سے باہر نکل جائیں گے۔ انہوں نے دروازے کی طرف گھور کر دیکھا پھر اپنی رسٹ واچ پر نظر ڈالی۔

میں خود دروازہ کھولنے گیا اور یہ دیکھ کر حیران رہ گیا کہ وہاں وہی شخص موجود تھا جسے ہم نے ائیر پورٹ پر ماموں جمیل سے بات کرتے دیکھا تھا۔ یعنی ان کا ہم سفر۔ اُس کے ساتھ تین لڑکے بھی تھے جو نظریں نیچی کیے تھرکتے

جسموں کے ساتھ اپنی ہنسی ضبط کرنے کی کوشش کر رہے تھے۔قبل اس کے کہ میں کچھ بولتا ماموں جمیل فوراً میرے پیچھے آ گئے۔

''بشیر اندر آ جاؤ۔'' انہوں نے کہا ''میں تمہارا انتظار کر رہا تھا۔''

بشیر صاحب اور ان کے تینوں آنکھیں جھپکاتے ہوئے نوعمر ساتھی ڈرائنگ روم میں آ گئے۔ ماموں جمیل نے ہم سے کہا کہ انہیں مہمانوں کے ساتھ اکیلا چھوڑ دیا جائے اور ''چائے وائے'' بالکل نہ بھیجی جائے۔

ہم سب حیران وششدر باہر آ گئے۔ دو منٹ تک خاموشی رہی اس کے بعد کچھ آوازیں بلند ہوئیں جیسے کسی چیز کو کھینچا جا رہا ہے یا دھکا دیا جا رہا ہے' واش روم کا دروازہ ایک بار کھولا اور بند کیا گیا۔ جوتے زور زور سے فرش پر مارے گئے کچھ دبے ہوئے قہقہے بلند ہوئے' باہر کا دروازہ زور سے کھولا اور بند کیا گیا اور اس کے بعد خاموشی' مکمل سکوت۔

امّی کی حیرت غصے کی سرحد میں داخل ہو رہی تھی۔ انہوں نے زور سے آواز دی ''جمی کیا تمہارے ''مہمان'' جا چکے ہیں!'' 'مہمان' پر زور تھا۔

''جی ہاں'' ماموں کی آواز آئی مدھم سی جیسے کوئی کنویں کے اندر سے بول رہا ہو۔

آگے آگے امّی اور پیچھے پیچھے ہم سب جلوس کی شکل میں ڈرائنگ روم میں داخل ہوئے اور سناٹے میں آ گئے۔ ایسا لگتا تھا کہ جیسے طلسم ہوشربا کا کوئی سین ہو۔

'مہمان'' سب جا چکے تھے اور ساتھ ہی وہ ''سامان'' بھی جا چکا تھا۔ چمکتے ہوئے تین سوٹ کیس۔ بھاری بھرکم ہولڈال اور رنگین ٹریول بیگس۔ مزید براں ایک پرانا بریف کیس اور معمولی سا ہیڈ بیگ صوفے پر پڑے تھے۔

جب ماموں جمیل پر نظر ڈالی تو ہم سب واقعی پتھر کے مجسمے بن گئے۔ وہ آنکھیں نیچی کیے مجرم کی طرح صوفے پر بیٹھے تھے۔ ان کے جسم پر وہ شاندار سوٹ نہیں تھا بلکہ وہی معمولی سا کوٹ پتلون جو ہم ائیر پورٹ پر اس بریف کیس اور تھیلے کے ساتھ ان کے دوست کے جسم پر دیکھ چکے تھے۔ عجب کایا پلٹ تھی ایک الف لیلوی منظر۔

وحشت انگیز خاموشی کو توڑتے ہوئے امّی گرج کر بولیں ''یہ کیا ہو رہا ہے۔ یہ سب کیا تماشہ ہے؟''

''کوئی تماشہ نہیں ہے۔'' ماموں جمیل بدستور سر جھکائے آہستہ سے بولے ''بات دراصل یہ ہے سسّی کہ یہ شخص بشیر میرا اچھا دوست ہے۔ وہ اپنے سگے رشتے داروں سے خوش نہیں ہے۔ وہ اپنے بھائیوں سے ڈرتا ہے کیونکہ وہ سب بہت سخت مزاج ہیں۔ بشیر اپنے سسرالی رشتے داروں کو زیادہ پسند کرتا ہے لہذا اس نے یہ ڈرامہ رچایا جو بہت کامیاب رہا۔ اس کے بھائی ائیر پورٹ پر کسی ''ورسٹائل اوناسیس'' جیسے ارب پتی کا استقبال کرنے کے لیے بڑی ''امیدوں'' کے ساتھ جمع ہوئے تھے لیکن جب انہوں نے بشیر کو دیکھا تو ان کی مایوسی اور غصے کی انتہا نہیں رہی۔ وہ سب بڑبڑاتے ہوئے اسے اپنے ساتھ لیے بغیر واپس چلے گئے اور میرا دوست بشیر یہی چاہتا تھا کہ وہ اس کی زندگی سے نکل جائیں۔

''اچھا تو یہ بات ہے۔'' امّی بڑے گمبھیر لہجے میں بولیں۔ ''تو وہ سامان وہ سوٹ کیس ہولڈال اور رنگین بریف کیس اور بڑھیا سوٹ تمہارے اس دوست بشیر ہی کے تھے۔ اور تم میرے پیارے بیرن پہلے سے زیادہ پتلی حالت میں وطن واپس آئے ہو۔ ہے نا؟''

''اب میں کیا کہوں'' انکل جمیل نے قدرے بھرّائی ہوئی آواز میں کہا ''میرے چار ساڑھے چار سال تو ضائع ہو گئے ہیں۔ ایک مہربان دوست کے ذریعے میں گلف گیا تھا لیکن چند ماہ بعد میرے پہلے امپلائر کا بزنس اچانک بیٹھ گیا اور اس کے بعد میں حیران پریشان ادھر اُدھر جاب کرتا رہا۔ وہاں مقابلہ بہت سخت ہے۔ دنیا بھر کے لوگ وہاں آ کر دولت کمانے کے لیے بے تاب ہیں۔ مجھ سے زیادہ ماہر اور مستعد۔ لہذا میں نوکریوں سے نکالا بھی جاتا رہا۔ میں نے یہ وقت بڑی مشکل سے گزارا ہے۔ اگر میں گلف میں نہ ہی جاتا تو بہتر تھا۔ بہر حال اب میری سمجھ میں نہیں آتا کہ میں کیا کروں۔ تھوڑا سا پیسہ ہے میرے پاس۔ سوچتا ہوں کہ کوئی جاب کرنے کے بجائے فوٹو اسٹیٹ مشین لے کر بازار میں کھڑا ہو جاؤں۔ کوئی چھوٹی سی دوکان کر لوں یا پھر ایک صورت اور بھی ہو سکتی ہے سسّی۔''

ماموں جمیل نے پہلی بار سر اٹھا کر اپنی بہن کی طرف دیکھا۔

''وہ کیا صورت ہو سکتی ہے۔'' امی جان نے تیز نظریں اپنے چھوٹے بھائی پر جما کر بہت سپاٹ لہجے میں پوچھا۔

سر جھکا کر ماموں جمیل کچھ دیر خاموش رہے پھر دھیرے سے بولے ''آپ خود سمجھ جائیں' اب شاید میرے لیے یہی صورت بہتر ہے کہ نیا ورق پلٹا جائے اور کوشش کی جائے کہ کوئی ''مناسب'' کوئی ''مہربان'' خاتون شاید کوئی آپ کی جاننے والی مجھے......''

رسالہ 'چہار سو' سے منتخب شدہ افسانوں کا مجموعہ

محبت کے افسانے

(بین الاقوامی ایڈیشن)

منظر عام پر آچکا ہے